引っ込み思案な神鳥獣使い

PLANET INTRUDER ONLINE
プラネット イントルーダー・オンライン

古波萩子
Hagiko Konami
ill. ダンミル

TOブックス

01 オープンベータ版『プラネット イントルーダー・ジ エンシェント』再始動編

The Tamer of Fur and Feather is Shy but Well Meditated.

Contents

Illustrator：ダンミル　Designer：AFTERGLOW

01

オープンベータ版『プラネット イントルーダー・ジ エンシェント』再始動編

第1話　未知のインディーズゲームとの遭遇

２ｘｘ１年――ＡＩアンドロイド・ロボットと人間が共存する、ここは少し分岐した近未来の現代。

……『絶大な人気を誇る女性２人組ユニット「コントロール・ノスタルジック」のキーボード、黒原イズミさんが休業に入り、長期の間ユニット活動を休止することになりました』……。

蘆名《あしな》征司《せいじ》は、テレビが伝える芸能ニュースを聞き流しながら、いつもより心持ち早めに朝食をたいらげて流し台に片付ける。

昨日５月４日、征司はめでたく15歳になった。

両親からの誕生日祝いはＶＲ機器。それは征司が４月の進路相談でネット通信高校を志望したため、仮想教室に対応したＶＲ機器を先んじて買ってくれた形である。しかもゲームの購入代金１万円まで両親はくれた。

征司は、はやる気持ちを抑えて家を出た。

本日５月５日。ゴールデンウィークの連休中だが、今日も自営農業の両親は畑か自宅敷地内の営業事務所で働いている。だからどこにも出かける予定はなかった。そんな征司に、今日はＶＲの予定が出来たのだ。

牧歌的《ぼっか》な坂道を下り、山を背後に背負う果樹園の住宅を何軒か通り過ぎる。畑に挟まれた郵便局の隣には、山深い山村に似つかわしくないコンビニがあった。

征司の住む山村は32世帯ほどの小さな集落で、人間が5割、アンドロイドとロボット5割の世帯人口だ。それも土地と関わりの無い都会からの移住者ばかり。地主が土地を遊ばせておくのが嫌らしく、山村の大人達が言うには「地主は移住者を番犬代わりにしている」らしい。

普通の町に行くには山を越えなければならないが、市のバスも廃線になり、現在は郵便局が配送に使うマイクロバスが山村のタクシーも担っている。そしてコンビニのおにぎりなどの食品は、山を越えた町のコンビニから毎日ドローンで配達されていた。

征司がコンビニに入れば、「らっしゃーい」と店長兼店員をやっている細身で知的な20代の眼鏡の青年の、だらっとした声がかけられる。

彼の名前は里見滋《さとみしげる》。滋はレジ内にゲーミングチェアを持ち込んで座っており、客が来ても顔を上げずに携帯端末をいじっていた。

「滋さん、おはようございます。ＶＲで現金として使える電子カードはどこにありますか？」

「そこの壁に――……って、おはよ⁉　征司君、今ＶＲって言った⁉　機種は⁉」

滋が目をキラキラと輝かせ、レジから身を乗り出す。

これまでゲームで遊んだことがない征司は、その問いにこそばゆさを感じつつ、はにかんで答えた。

「その、〝マナ・トルマリン〟です」

「おぉ！　一番高いゲーミングVRじゃないか!!　さすが無農薬野菜のネット直販で儲《もう》けている家は違うなぁー！　っつってても俺もトルマリンです。仲間～」

ニカッと笑った滋からノリノリで手を差し出され、征司は握り返した。

「アプリのキャッシュレスにはしないのか。ま、子供にはそれが安全かな？　VRマナ・トルマリンのゲームストアなら、お菓子棚横の右上のマネーカードが対応してるよ」

「ありがとうございます」

指差されたカードに触れながら、3000円か5000円のものを買うかで迷う。1万円を全部カードに使うのもどことなく気が引けた。自分のお金じゃないからだろうか。

折角なので、ゲームに詳しい滋に尋ねる。

「滋さん、オススメのオンラインゲームってありますか？」

「どのゲームもマルチオンライン要素はあるよ。無いのを探す方がむずい」

「そうなんだ」

「征司君はどんなジャンルをやりたいのかね？」

「えっと……人とコミュニケーションが出来るゲームを」

この言葉を、口にするのは勇気が必要だった。征司はバクバクと心臓を鳴らしながら伝える。

「ゲームで遊びながら誰かとお喋《しゃべ》りする時間があるものを探してて」

「じゃあ、一期一会《いちごいちえ》の集合、即解散じゃないやつか。交流となると普通にMMO系、かねぇ。俺としてはゲーム初心者に薦《すす》めたくないのだが」

「父さんにもゲームで色々な人と話してみなさいって、ゲームを買うお金をもらいました」

そうは言うものの、決して父から強く薦められた訳ではなかった。ただ「そういうゲームもあるよ」と言われて、征司が自分なりに山村の外の人と接してみようと奮起《ふんき》したのだ。

「いやいや、ゲーム内の絡みなんて百害あって一利無し!!　……なんて、ゲーム実況者の俺が言ってもブーメランですか。そうですね、そうでした」

滋は大袈裟《おおげさ》に肩を落とす仕草をする。

征司は滋の言葉で、以前見た滋のカードゲーム解説動画を思い出す。あれは難しくてよくわからなかったので、遊ぶならカードゲーム以外が良いなとこっそり思った。

「父さんは、ゲームでなら変な人に絡まれてつらい目に遭《あ》っても、やめれば関係を断てるから現実よりも後腐れがなくて安全だって言ってました。手痛い体験は、良い経験にもなるって」

「!!　思ったよりクールな考えから……!　ぶっちゃけ征司君のご両親、1人息子を箱入りにしている過保護系の代表ぐらいに思ってたよ。正直びっくりだわ」

「父さんがそんなふうに言うのは、ガラガラの教室でやった授業参観のせいも……。僕が教室に1人だったから気にしているみたいなんです」

「あー、そっか。今って村に学生の子供2人しかいないもんなぁ」

山村の学生は征司と、もう1人は小学2年生の女の子だ。いつも征司はその子と一緒の教室で授業を受けている。

ただ4月にあった授業参観の日は、征司の進路相談もあったので別々に授業を受けた。

征司の両親は、常日頃から在校生2人という現状を見聞きしてはいたが、直接目《ま》の当《あ》たりにするのはまた別の衝撃があったらしい。集団での経験が積めない環境、極端に赤の他人と接する機会の無い息子の現状に今更ながら危機感を持ったようだった。

この山村では広大な畑などで住居が離れているせいもあり、ご近所付き合いもあまりない。人間よりも山の警備で徘徊《はいかい》するアニマルロボットと接する率の方が高いのだ。

もとより征司は引っ込み思案で、今まで村から離れたいと思ったことすらなく、都会へのあこがれも希薄《きはく》だった。だから自然な流れでネット通信高校を志望し、町の高校に行かない選択をしている。町まで片道2時間半、往復で5時間はかかる。これは山の周りをぐにゃぐにゃと蛇行《だこう》するように敷かれた道路が原因だ。

征司の両親も、家の農業を継《つ》ぐなら学歴が必要ないため、無理に遠距離通学となってしまう進学を勧めにくい。かといって征司の性分上、寮《りょう》や1人暮らしなんて生活が出来ないと諦めているようだった。

そこで両親の出した苦肉《くにく》の策の提案が、ネットやゲームなどを介した外の人との交流なのだと、ネット通信高校のために早い時期にプレゼントされたVR機器からも感じた。

（村から離れる勇気はない、けど——でも）

引っ込み思案な性格を変えられるなら変えたいと、征司自身が積極的に思い立ったのだ。

「じゃあ、ＭＭＯ。でもＭＯも一応待機フロアがあるやつはあるしなぁ。月額でお金がかかるゲームでもＯＫ？　俺の経験に則《のっと》った偏見《へんけん》なんだけど、基本無料はヤバい奴が特に多い印象なんで」

「う、うん。月額でも大丈夫……」

頷《うなず》きながら、征司は頭の片隅で月々のおこづかい３０００円を思い浮かべていた。コンビニでお菓子を買うぐらいにしか使っていないお金だ。

「じゃあ、国産で大手のＶＲＭＭＯ『クロニクルアーツ・スカイ８』かＶＲＭＯ『龍戦記ファンタジア』。次点でちょいきな臭いＶＲＭＯ『リザルト：リターン』かな。まぁ、オンラインゲームで評判良いのは皆無だから、ネットの評価は参考にしてもあんまり当てにしないように！　合う合わないは人それぞれなんで、触ってみてから続けるか決めればいいよ」

滋は一旦レジの奥に消え、再びメモ帳を持って出てくる。手早くメモ用紙に先ほど列挙したゲームタイトルと滋のＶＲマナ・トルマリンのＩＤを書いて、征司にメモの紙片を渡した。

滋曰《いわ》く、フレンドに登録しておけばＶＲでのメールやチャットが気軽に出来たり、フレンドのゲーム動画配信のお知らせや一部ＤＬゲームの共有化、ストアで購入したものをプレゼントすることも出来るそうだ。

さらに滋からはＶＲの本体設定、特にセキュリティ関連のレクチャーを受けた。

結局、１万円を全額使うのはためらわれて、５０００円と３０００円のプリペイドカードを１枚ずつ買って帰宅する。リビングの机にお釣りの２０００円を置き、自室へ戻った。

ドキドキと胸を高鳴らせながらＶＲ機器を箱から取り出す。眼鏡ケースほどの大きさの箱に入っていたのは、水泳ゴーグルの形をしたＶＲ機器だった。

（軽い）

飲料水のペットボトル容器よりも軽いのではないだろうか。

さっそく充電板の上に置いて充電を始める。その間に箱の裏側に書かれた簡素な製品説明に目を通した。

（ＶＲマナ・トルマリンは眼鏡タイプもあるんだ。ゴーグルタイプより没入感と性能が落ちて、その分値段が安く……なってない！　25万円⁉　えっと、注意事項は本物の眼鏡みたいに公共機関で使わないで……？　『人身事故などの使用者の過失に対して、当社は一切責任を負いません』……家の外でＶＲする人がいるの⁉）

そこで眼鏡タイプの参考写真が滋の眼鏡にそっくりなことに気付いてしまった。思いがけず身近で仕事中に使っている違反者を発見してしまい、自分が悪いことをした訳でもないのにドギマギしてしまう。

そうこうしているうちに、ＶＲマナ・トルマリンの充電が終わった。楽な姿勢で使用するように注意書きがある。ひとまずベッドに腰掛けてゴーグルをつけた。

すると、ゴーグルの縁《ふち》の一部から青い光が放たれ、征司と部屋全体を一瞬青く照らした。

次に征司の視界が真っ暗になるが、数秒と経たずに開け、白く四角い空間に征司はいた。

（ここがＶＲマナ・トルマリンのホーム？）

物珍しげに天井や足下、右に左に後ろへと振り返っていると、目の前に青色の四角いパネル画面が出て《言語設定》と《標準日時設定》の文字が浮かぶ。《日本語》を選択し、日時を《東京基準》で合わせて決定すれば、《ＶＲマナ・トルマリンの世界にようこそ》と大きく文字が表示された。征司はつい文字に会釈《えしゃく》を返す。

別途に現れたパネルをタッチして基本情報を打ち込み、アカウントＩＤを作成した。滋に教わった通り、ＩＤ以外の基本情報を全て非公開設定にして、メールやチャットもフレンド以外は受信拒否に変更する。

設定を終えると、視界の右上に小さくワイプが出た。現実の部屋のモニターのようだ。自分の普段の視界がテレビのようになっているのは不思議な心地がした。

真っ白な空間のホームはカスタマイズ出来る。

カスタマイズのメニュー項目には、初期からシンプルな四角い机と椅子、ベージュの絨毯《じゅうたん》があった。空間の変更や他に設置物を増やしたければ、ＶＲマナ・トルマリンのゲームストアで購入しなければならない。

とりあえず初期の机と椅子を設置して座ってみる。なんだかむずがゆく、１人照れ笑った。

座ったまま、基本情報の設定項目をしっかりと確認する。征司のここでの見た目も、様々な別の姿に変更可能だ。まだ公開ユーザー名は登録しておらず、アバターも非公開の設定にしているが、ホームで現実の征司の姿のままなのはセキュリティ的に不安になった。

ゲームストアを開く。ゲームストアのトップ画面には、人気の見た目とアバターランキングが置かれていた。

第1位には、不気味で貫禄《かんろく》のあるピエロが君臨《くんりん》している。突然目に飛び込んできた怖い姿にびっくりして、とっさにストアを閉じてしまった。

心を落ち着けて再びストアを開く。

アバターランキングを薄目で見てみる。2位と3位も血だらけの不気味な兎と熊のぬいぐるみアバターが並んでいて、4位もチェーンソーを持った血だらけの仮面男だった。

思わず画面端に表示される5月の日付を確認してしまうほど、アバターランキングはホラーに占領されている。10月のハロウィンまでほど遠いのに一体全体何があったのだろうか。

血なまぐさいアバターランキング以外の人気順に目を通す。そちらは何故だか二次元の可愛い女の子が多かった。

(普通の動物アバターは無いのかな……?)

リストの底の方に、デフォルメされた丸いハリネズミのキャラクターを見つけた。丸っこくて可愛く、親しみやすい感じがする。お値段150円。

早速3000円のカード番号を打ち込んで購入した。ついでに覗《のぞ》いたホーム関連で《星空の部屋》を発見し、反射的に550円の購入ボタンを押してしまう。ホームに入る度に、現実とリンクした星の動きが見られる綺麗《きれい》な部屋というサンプル画像に心惹《こころひ》かれたのだ。

《白の部屋》から《星空の部屋》に変更すると、天井や左右一面に星空が広がり、床はロッジのような木枠の舞台になった。暗さも調節出来るので、明るい星空というのも堪能《たんのう》出来る。

綺麗だなぁ、と征司はしばらく星空に魅入った。

（こんなふうに綺麗な空や景色をのんびりと見たり、好きな空間を作ったり出来るようなゲームで遊びたいなぁ。ある……かな？）

旅に憧れはあっても、村の外に出たくないという気持ちの方が強い。外の公共機関の利用方法もよく知らないために使うのさえ怖く思え、そんな不安な思いが征司の引っ込み思案な気質をさらに根深くさせている。だからテレビで都会を見た時も「色んなお店があっていいなぁ」と羨《うらや》ましく思うところで終わるのだ。「行きたい」にはならない。

とにかく遊びたいゲームの指標が征司の中でぼんやりと決まったので、ウェブブラウザのパネルを空中に呼び出し、現実の視界のワイプ映像で滋のメモを見てゲームタイトルを調べる。すると大手ゲーム情報サイトが出てきた。

そこでの評判は——、

1位　VRMO『リザルト：リターン』★★★★★（総合97点）
2位　VRMMO『クロニクルアーツ・スカイ8』★★★☆☆（総合59点）
3位　VRMO『龍戦記ファンタジア』★★☆☆☆（総合35点）

（あれ？　滋さんが「オンラインゲームで評判良いのは皆無」って言っていたのに『リザルト：リターン』の評判すごく良い……？）

そういえば、ＶＲＭＯ『リザルト：リターン』に対して「うさんくさい」とも言っていたのを思い出す。そこに引っかかりを覚えてＶＲＭＭＯ『クロニクルアーツ・スカイ８』とＶＲＭＯ『龍戦記ファンタジア』に絞って比較することにした。この２つはＭＭＯとＭＯというジャンルが違っている。

調べてみると、ＭＭＯが大規模多人数型オンラインのことで、他のプレイヤーもいるフィールド（野外）で戦闘するもの。

ＭＯが小規模多人数型オンラインのことで、インスタンスダンジョンなどの戦闘エリアが個々に作ってあって小規模に戦闘するもの。いわゆる専用の部屋を立てる形式のものだそうだ。

――ただし昨今のＭＭＯはＭＯ要素も備えているゲームが多く、おおざっぱな分類でしかないという。

（フィールド？　があるＭＭＯの方が景色は多いのかな。じゃあ『クロニクルアーツ・スカイ８』が良さそう。シリーズものだけど、オンラインは８だけでストーリーも他のシリーズをやっていなくても大丈夫みたいだし）

さらに詳しくＶＲＭＭＯ『クロニクルアーツ・スカイ８』のユーザー評価を記した記事を見た。

2位　VRMMO『クロニクルアーツ・スカイ8』★★★☆☆（総合59点）
【グッド↑】
・歴代作品のパロディ多め。ファンはニヤリと出来るネタが楽しい（男性／40代）
・キル根みたいなPKもなく、戦闘はコマンド形式でリュー戦的な複雑な操作を要求されないから遊びやすいです（男性／50代）
・直帰と違って課金がおしゃれ装備だけで助かってる（男性／10代）
・王道のメインストーリーが熱い。良作（男性／20代）
【バッド↓】
・お子様メインストーリーがクソ寒い（男性／10代）
・折角のVRなのに棒立ち戦闘なのが残念。ヘビファンや直帰のようにアクション戦闘にするべき（男性／30代）
・釣り上げる際の魚のグラ、作った木材のグラが全部同じ。しらける。個人のプラネで可能なことを何故大企業が出来ないのか。これで没入感がウリとか（笑）（男性／20代）
・おしゃれ装備のバリエーションの少なさが不満（女性／20代）

評価欄《らん》のコメントを読んで、征司の中で疑問符が飛び交った。何かと比較しているようなコメントがあるのだが、謎の単語過ぎてさっぱりわからないのである。情報サイト内の検索で単語を調べてみた。

PKというのはプレイヤーキラーまたはプレイヤーキルと読み、プレイヤーを死亡させるプレイヤーのことを指すそうである。そしてそれ以外はゲームの通称だとわかった。

VRMO『龍戦記ファンタジア』＝リュー戦、ヘビファン、爬虫類《はちゅうるい》
VRMO『リザルト：リターン』＝直帰
VRMMO『プラネット イントルーダー・ジ エンシェント』＝プラネ、キル根
VRMMO『クロニクルアーツ・スカイ8』＝CS8、古空8

多分、蔑称《べっしょう》みたいな呼び名も混じっている。

（『プラネット イントルーダー・ジ エンシェント』？）

滋のメモに載っていないゲームタイトルだった。海外のゲームなのかなと思ったが、どうやら国産である。しかも月額がかかる有料のMMOだった。

どうして滋に紹介されなかったのだろうかと首を傾げながら、1年前に書かれたVRMMO『プラネット イントルーダー・ジ エンシェント』の簡略化されたゲーム説明記事を読む。

（『VRMMO『プラネット イントルーダー・ジ エンシェント』インディーズゲーム。製作者は正木洋介。有料オープンベータ中』……？　ベータって体験版のことかな？）

先ほど目にしたVRMMO『クロニクルアーツ・スカイ8』の評価欄のバッドコメントにあった『釣り上げる際の魚のグラ、作った木材のグラが全部同じ。しらける。個人のプラネで可能なこと

を何故大企業が出来ないのか』という文章が、征司の琴線《きんせん》に触れていた。

グラとはグラフィックのことだ。それが大企業のゲームより優れているという。

（魚のグラフィックが多いなら風景も豊富そう）

試しにゲームストアで検索してみると、〝VRMMO『プラネット イントルーダー・ジ エンシエント』〟が販売されていた。

ダウンロード販売金額はソフト本体1000円、月額500円。他のタイトルがソフト本体7000～8000円で月額1000～1600円だったので、その安さは魅力的に映った。

そして征司は、つい勢い余ってよく調べもしていないゲームの購入ボタンを押してしまったのである。

第2話　『プラネット イントルーダー・ジ エンシェント』（製作者・正木洋介）へ

□■□　正木洋介（マサキ・ヨウスケ）　□■□
日本のインディーズゲームクリエーター。

19歳で大手PCゲームストアにて、惑星《わくせい》開拓シミュレーション『プラネットダイアリー』の有料体験版を配信。この続きを作るためと称し、クラウドファンディングで支援金を募る。

その翌々年、クラウドファンディングの資金によって製作した、独自のオンラインゲーム製作補助AIと運営用AIを公開。同時にVR『プラネット イントルーダー・オンライン（仮称）』を発表するが、「私達はこのゲームが遊びたいんじゃない。話が違う」と激怒した国内及び海外支援者達と揉め、物議《ぶつぎ》を醸《かも》す。後日支援者達とは和解し、訴訟《そしょう》には発展していない。

後に、名称を『プラネット イントルーダー・ジ エンシェント』に変更。有料オープンベータのダウンロード販売を開始。有料のため、長期2ヶ月のベータ期間を設けた。

しかしベータ開始1ヶ月の後に、ゲーム内にて「*5・5ブラディス事件」が発生。この時のPK（プレイヤーキル）映像がSNSや動画配信サイトにて拡散。多くのユーザーが離れ、ベータ期間のままサービスが終了した。

□■□（オンライン百科事典より出典）□■□

征司はオンライン百科事典の内容に唖然《あぜん》とした。

ゲームをダウンロードしている合間に、内容を調べてみようと『プラネット イントルーダー・ジ エンシェント』を検索したら、何故か出てきたのは、この製作者についての詳細が載った百科事典のページだったのである。

（さ、『サービスが終了した』って書かれてる⁉ でも今、ダウンロード出来てるよ⁉）

正規のゲームストアで販売されていた商品なのに意味がわからなくて混乱した。目を白黒とさせ、もう一度百科事典の内容を読み直し、ゲーム内で起こったＰＫの事件とやらに不安を募らせる。

「*５・５ブラディス事件」の文字のリンクを恐る恐るタッチした。

□■□　*５・５ブラディス事件　□■□

２ｘｘ０年５月５日にＶＲＭＭＯ『プラネット イントルーダー・ジ エンシェント』のオープンベータ期間にて発生した集団ＰＫ事件のこと。昨今の国産ＭＭＯでは珍しく、ＰＫ可能なゲームデザインであったため、起こるべくして起こった大規模殺戮《さつりく》事件。

１人の戦闘職プレイヤーが、市場で最新武器装備の試し切りを生産職プレイヤー「ブラディス」で始めたことを発端とする。

これにより、都市がセーフティエリアではなくＰＫ可能エリアであることが知れ渡り、金目の物を落とす採集と生産職業プレイヤーを、戦闘職プレイヤー達が次々と狩る事態に発展。ほぼ全ての戦闘職プレイヤーがＰＫに手を染め、これにより得た金銭でハウジングを買い漁り、土地を占領した。

この殺戮は１週間続き、採集と生産職業プレイヤーがログインしなくなると、標的がヒーラーへと移り、度重なる都市内抗争に多くの引退者を出した。

また、ＰＫされたプレイヤーがＰＫ側に回ってＰＫを仕返し、さらに仕返されたＰＫの者がＰＫを仕返すという泥沼化が起きた。「自分以外のプレイヤーは、出会った瞬間殺さなければ安全が確保出来ない」とまでプレイヤーに言わしめる世情にまで発展した。

事件発生から10日後、プレイヤーのみで解決が不可能だと遅い判断を下した運営AIにより、一時的に全プレイヤーを強制的に監獄《かんごく》へと投獄する処置がなされる。

その間に都市内をPK行為不可のセーフティエリアに改修。デスペナルティを緩和。

特に採集と生産職業に関しては、デスペナルティを無くした上、暗殺組織ギルドの無敵NPCへ自動的にPK行為をした者の暗殺依頼が舞い込む新要素を追加するなど、街の正常化を図った。

だが時既に遅く、当時最も陰惨《いんさん》な残虐《ざんぎゃく》映像（1人の生産職業プレイヤーを集団リンチで何度も殺害する映像）が生放送や動画でゲーム外に広く拡散してしまい、8割以上のプレイヤーが引退して戻ってこなかった。

□■□（オンライン百科事典より出典）□■□

くだんのPK残虐映像の動画が百科事典のページに張られていたが、征司は再生しなかった。ヒーラーが他の人を回復する職業を意味する言葉だということだけを調べてページを閉じる。

（どうしよう、PK凄く怖い……。人殺しの描写があるから15歳以上推奨《すいしょう》……？）

ゲームストアでは、VRMMO『クロニクルアーツ・スカイ8』が全年齢対象なのに対して、VRMMO『プラネット イントルーダー・ジ エンシェント』はR15指定だった。征司が昨日15歳になったことでギリギリ購入して遊べるようになっていたゲームなのである。

しかも今日は〝5・5ブラディス事件〟が起こった日と同じ5月5日。とても縁起《えんぎ》が悪かった。

折角購入したものだが遊ばない方がいいかもしれない、と胸中に迷いが生じる。迷っている間に、ゲームのダウンロードとインストールが終了した。新しいゲームアイコンが浮かぶ。

（……とりあえず、少しだけやってみて判断しよう。滋さんも合う合わないは人それぞれだって言っていたから）

及び腰でゲームアイコンにタッチする。ログイン用のIDとパスワードを打ち込む画面が現れた。

征司はまだIDを持っていないので《新規登録》の文字をタッチし、新たにIDとパスワードを作成する。一度本人確認のメールを受け取り、登録終了となった。


ふっと、辺りが暗くなる。景色が宇宙空間に変わった。

次にその宇宙空間に浮かぶ青黒い惑星が目の前に現れ、それを背景に『プラネット イントルーダー・ジ エンシェント』のゲームタイトルと、メニュー選択の文字が大きく浮かび上がった。

征司は《ＮＥＷ ＧＡＭＥ》の文字に触れる。暗転し、まず警告文が表示された。

《警告。この作品は、法律で一部の技術使用が禁じられている最新技術、疑似細胞信号電波音を脳へと使用し、仮想世界を知覚させています。ゲームで使用されている技術は法律上、使用を許可された範囲のものです。未成熟の脳細胞に悪影響を与える可能性があり、15歳未満のお子様の利用を固く禁じています。少しでも身体に異変を感じた方は、適切な医療機関を受診してください。また、他者から襲われる描写、暗所や高所から落下する衝撃がゲーム内で存在します。心臓の弱い方や妊婦の方の利用も固く禁じています》

続けて、他にも注意事項が長々と書かれた利用規約の文章が表示され、《同意する》をタッチした。

《現在稼働中のサーバーは「インナースペース」のみです。

「インナースペース」サーバーで新規キャラクターを作成します》

征司にとって初めてのゲームだ。なんだかんだでワクワクしてきた。オンラインゲームは自分のキャラクターを好きに作れるらしいので楽しみである。

(身長は現実よりも少し高くしたいな。１６５㎝、とか)

征司はギリギリ１６０㎝で小さい部類に入るから５㎝伸ばしてみたい。

(他の人に「ＰＫしない」ってひと目で伝わるように、ヒーラーになろうかな？　攻撃するのって難しそうだし……ＰＫの人には狙われそうだけど、自分で回復出来るならなんとかなるかも)

しばらく待つ。

しかし黒一色の暗転が終わる気配はなかった。征司は首を傾げる。

「まさか止まってる？」

次の瞬間、「まさか止まってる？」という征司の声が反響して両耳に届いた。ぎょっとした拍子に後ずさる。

すると、固い金属板を踏んだような足音がして、それも反響して辺りに木霊《こだま》した。

（もうゲームが始まってた⁉）

突発的なハプニングに慌《あわ》てながら、始まったのなら動かなければと思い、歩き出そうとした。

しかしどこに向かえばいいのかも不明な上、真っ暗で何も見ることが叶わない視界は、一歩一歩を踏み出すのが心底怖く、異様なほどに恐怖をかき立ててくる。

頑張って歩いても、かびくさい臭いと共にカツン……カツン……と金属板の上を歩く自分の足音が響くばかり。いつまでも視界は真っ暗でとにかく心細い。現実と区別がつかないほどリアルな息苦しさに、目には涙がにじみそうになる。

心がポキッと折れる寸前で、ふっと光が差し込んだ。とっさに眩しい光に顔を逸らす。

逸らした先には壁があり、そこに光によって自分の人影が生まれた。

《あなたの名前と擬態《ぎたい》する人種、性別、容姿を設定してください》

「⁉」

唐突《とうとつ》に、征司の目の前に青色の半透明なゲームブラウザが登場する。キャラクタークリエイト画面のようだ。完全に不意打ちだった。心臓がバクバクと鼓動《こどう》する。
でも心底ほっとしたのも事実で、へにゃりと自然に笑みが浮かんで肩の力が抜けた。
ブラウザ画面に手を伸ばす。名前は征司の〝司〟を訓読みして《ツカサ》と入力した。

《以下から擬態する人種を選択してください。
・森人《もりびと》擬態人
森人は獣の耳や尻尾を持つ人種。祖先は森を住処《すみか》としていた。
・平人《ひらびと》擬態人
平人は獣的部位を持たない人種。祖先は平原を住処としていた。
・砂人《すなびと》擬態人
砂人は爬虫類の皮膚、尻尾を持つ人種。祖先は砂漠を住処としていた。
・種人《たねびと》擬態人
種人は獣的部位を持たない小さな人種。祖先は果樹林を住処としていた。
・山人《やまびと》擬態人

山人は獣的部位を持たない大きな人種。祖先は山を住処としていた》

人種を仮決定のままスクロールすると、壁に映るツカサの影の形も追随《ついずい》して変わるので面白い。一番背が高い人種は〝山人擬態人〟。最小身長の設定でも170㎝ある。

（これにしよう！）

《山人擬態人〈男性〉初期値／VIT：10　STR：6　DEX：3　INT：1　MND：1》

《決定》をタッチしかけて初期値という文字が目に入り、手を止めた。

（まさか人種ごとに得意なことが違うのかな……？）

ヒーラーが出来ない人種だったらどうしようと不安になる。VITなどの英語の単位っぽい表記が何を説明しているのかわからない。

不意にブラウザの隅にVRホームボタンを見つけた。そこから外部ウェブブラウザも別タブで開けられて、ほっとする。

検索すれば4つの攻略サイトと、個人ブログが1つ出てくる。攻略サイトでは全人種の初期値が載っていたが、表記に対しての説明は無かった。知っていて当然の知識なのかもしれない。

がっかりしながら個人の『ネクロアイギス古書店主の地下書棚』ブログも開いてみる。そこに諦めかけていた表記の説明があった。

『ＶＩＴ……最大ＨＰ&物理防御力
ＳＴＲ……物理攻撃力
ＤＥＸ……両手剣・遠距離物理攻撃力
ＩＮＴ……魔法攻撃力
ＭＮＤ……最大ＭＰ&魔法回復力&ヒーラーの魔法攻撃力』

おかげで疑問が解ける。ヒーラーをするにはＭＮＤの数値が高い人種にした方がいいはずだ。さらにブログでは、それぞれの人種の適性を解説してくれていた。

『森人男性　レンジャー&キャスター
森人女性　レンジャー&ヒーラー
平人男性　近接&レンジャー
平人女性　キャスター&ヒーラー
砂人男性　タンク&近接
砂人女性　タンク&近接
種人男性　ヒーラー特化
種人女性　キャスター特化（ヒーラーもギリＯＫ）

山人男性　タンク特化
山人女性　近接特化

☆最新の高難易度戦闘コンテンツに近寄らないのであれば、初期値は気にせずに好きな人種、好きな職業で始めて大丈夫です。採集や生産にステータス値は関係ありません。自分の好みのキャラクターを作って自由に遊ぼう！』

（男性でヒーラーが得意な人種は、種人のみ……かぁ）

難しい戦闘のコンテンツをこなしたいという気持ちは今のところ無い。だけど、もしやりたくなった時に、他人に迷惑をかけたり怒られたりする可能性があるなら、最初から対応した人種を選んでおくべきだと思った。

参考になった『ネクロアイギス古書店主の地下書棚』ブログをお気に入りに入れて外部ウェブブラウザを消し、人種を《決定》する。

《種人擬態人〈男性〉初期値／ＶＩＴ：１　ＳＴＲ：１　ＤＥＸ：５　ＩＮＴ：６　ＭＮＤ：10》

（うっ……！　身長低い！）

種人擬態人は最小身長が８０㎝と、まるでコビトだった。最大身長にしても１３０㎝で、これでは征司と同じクラスの小学2年生の女の子の背丈である。悩みに悩んで現実より高い身長は諦め、最大身長130㎝で《決定》した。

次に種人擬態人での顔作り。どうやら人種ごとに一定の人相が規定されていて、どう頑張っても女の子みたいな顔立ちにしか変えられなかった。無茶をすると変な配置の顔になってしまうので、仕方なく中性的なモデルサンプルを土台にし、髪型は水色水晶色のショートカットで、両サイドの前髪は耳を隠すぐらいに少しだけ長い。瞳は深い菫《すみれ》色で作成した。

《人工音声変換機能を使い、声を加工しますか？　様々な声質を選べます。更に男性の声を女性、女性の声を男性、性別不詳にも加工出来ます》

征司は現実と性別を変えていないし、地声で平気だと思う。《いいえ》を選択した。

《以下からメイン職業を選択して下さい。
【タンク】守護騎士、騎士、戦士
【近接アタッカー】剣術士、槍術士、体術士、棒術士、格闘士
【遠距離レンジャー】弓術士、二刀流剣士
【魔法アタッカー】星魔法士、召魔術士、秘儀《ひぎ》導士
【ヒーラー】白魔樹使い、神鳥獣《しんちょうじゅう》使い、宝珠導《ほうじゅどう》使い》

3種類のヒーラーは、他の職業と違って初期武器が半永久的に固定装備になるという注意書きがあった。そのため事前に武器の見た目が選べる。性能の差はない。

白魔樹使いが杖、神鳥獣使いは鳥、宝珠導使いが宝石の見た目を選ぶようだ。

(武器が神鳥獣使いだけ生き物なんだ)

野山にいる野鳥の姿を思い起こす。鳥獣保護法があるから枝に止まった彼らの姿を遠くから眺めることしかしたことはないが、間近で見て触れてみたいという淡い気持ちが昔からある。

選べる鳥の見た目は《カラス、ハト、スズメ、ツバメ、オウム、フクロウ》で、色も好きに変えられるようだ。この中ならフクロウかなと指を滑らせた先に、右下の離れた位置に《ランダム》という文字があるのに気付いた。

《ランダム》

《上部のランダムボタンは、鳥の形状と色がランダムに決まります。他のプレイヤーと色が被ることはありません。1点ものの色となります。ただし色を自由に選べる《カラス、ハト、スズメ、ツバメ、オウム、フクロウ》の形状はランダムには入っておりません。ご注意ください》
(こっちに山の野鳥がいるのかな?)

《神鳥獣使い》と《ランダム》を選ぶ。

《神鳥獣使いは、堅牢《けんろう》なる古き伝統の体現国家〝ネクロアイギス王国〟所属です》

《ランダム武器はゲーム開始後まで形状が開示されません。変更したい場合は、既存のキャラクターを消去し、再びキャラクタークリエイトからやり直しとなります。それでもよろしいですか？》

《はい》を押して全てのキャラクター作成を終えた。ふわんと身体全体が柔らかな光に包まれる。

□――――――――――――□

名前：ツカサ
人種：種人擬態人〈男性〉
所属：ネクロアイギス王国
職業：神鳥獣使い　ＬＶ１
ＨＰ：10
ＭＰ：１００
ＶＩＴ：１
ＳＴＲ：１

DEX：5
INT：6
MND：10

スキル回路ポイント〈0〉

◆戦闘基板
◇採集基板
◇生産基板

□――――□

「アンタ、何者だ？」

突然、背後から声がかけられた。

第3話　ローカルルールの洗礼と初めてのフレンド

ツカサが振り返ると、高い位置にある光の先に鮫肌《さめはだ》で鮫を連想させるような顔をした人間が立っていた。彼が立っている場所が暗闇《くらやみ》の出口らしく、ツカサのところから階段が上へとのびている。

《チュートリアルを開始します。まず、ゲームキャラクターに向かって「種人のツカサ」と名乗ってみましょう》

「たっ、たねびとのツカサですっ……！」

「種人がなんでこんなところに……。上がってこいよ。俺は見ての通り、海人のクラッシュさ」

「うみびと……」

(鮫っぽい顔……ちょっと怖い。ゲームのキャラクターも、現実の人と話すのと変わらない感じだ。凄く自然)

《ゲームキャラクターには好感度があります。好感度はプレイヤーの言動で変化していきます。メインストーリーに関わる主要キャラクターの好感度は、直接ストーリー進行に影響を与えませんが、キャラクター達の態度や呼び方が好感度によって違ってきます。なお、メインに関わらないサブクエストは好感度によって発生したり、ストーリーが分岐したりします。あなただけの結末をお楽しみください》

ブラウザ画面の説明を横目で読みながら、階段を上がって外に出る。

そこは小さな島だった。どうやら地下へと穴が開いている形の洞窟《どうくつ》にいたらしい。

ツカサはクラッシュを背伸びして見上げた。背格好が大きいとそれだけで迫力がある。

クラッシュの瞳に映るツカサは、シンプルな麻のシャツとズボンという格好で、腰にはロープのようなベルトに木彫りの紋章《もんしょう》を引っかけている。

クラッシュはその紋章を見て、ニコッと人なつっこい笑みを浮かべた。

「ネクロアイギス王国の民か。どうやってこの島に？」

「えっと」

ツカサが言葉に詰まると、シャキン！　という音が鳴って《サーチ会話アシスト》という文字画面がクラッシュの顔の横の空中に現れた。

《サーチ会話アシスト！》

《『船が難破《なんぱ》してここにたどり着いた』（定型例）》

「ふ、船が難破してここに……」

「ああ、昨日の嵐か。無事で良かったじゃないか！　さあ、俺が自国まで送っていってやるよ」

《今のように時折〝サーチ会話アシスト〟がキャラクターとの会話中に発生することがあります。定型例通りの内容を話せば、正常にストーリーを進行できます。発生の際は、積極的にご活用ください》

（教えてくれるんだ。親切……）

クラッシュの小舟に乗せられて海を渡る。潮風の匂いや、たまにかかる水しぶきのリアルさに驚いた。「俺は漁師なんだ。昨夜の嵐が終わってみたら、あんな小島が現れていたんで上陸してみたって訳さ」というクラッシュの言葉を聞きながら海岸に到着する。

――《ネクロアイギス王国》――とツカサの目の前に地名の文字が浮かんでは消えた。

「それじゃあ、元気でな」とクラッシュは明るい別れの挨拶《あいさつ》をして船を漕《こ》ぎだし、再び海原へと去っていった。

ツカサは海岸の小さな桟橋《さんばし》に取り残される。すると足下に矢印と点線が現れた。促《うなが》されるまま、それをたどって歩き出す。海岸沿いにそびえ立つ大きな城壁に小さな出入り口があり、矢印はそこへと続いていた。

漁師とおぼしき人達と共に出入り口をくぐって、ツカサはついに街へと足を踏み入れる。

《称号【深層の迷い子】を獲得しました》
《ステータスに「称号」が解放されました》
《称号とは何かを達成した際に与えられる特別な通り名や栄誉のことです。変化していく名称と、固定の名称があります。持つ称号によってはゲームキャラクター達の態度が変わります。ひょっとしたらステータスに関与する称号も……？》
《称号は他のプレイヤーにオープンにされているステータス情報です。メニューの詳細設定で、フレンドのみに公開する〝フレンド閲覧可称号〟や全てのプレイヤーに秘匿《ひとく》する〝非公開称号〟に設定出来ます。
しかしメインストーリーの称号と、ＰＶＰの称号、プレイヤーの殺害や犯罪行為による称号は非公開に設定することは出来ません》

□――――――――――――□
名前：ツカサ
人種：種人擬態人〈男性〉
所属：ネクロアイギス王国
称号：【深層の迷い子】（Ｎｅｗ）

フレンド閲覧可称号：無し
非公開称号：無し

職業：神鳥獣使い　LV1
HP：10
MP：100
VIT：1
STR：1
DEX：5
INT：6
MND：10

スキル回路ポイント〈0〉

◆戦闘基板
◇採集基板
◇生産基板
□――――□

試しに非公開設定を確かめてみる。【深層の迷い子】はメインストーリーの称号のようで強制公開の項目にあった。『物語の始まりの街に入ったために獲得した称号』と解説されている。

《戦闘準備をしましょう！　現在のあなたは、職業を偽称している状態で戦闘が出来ません。選んだ職業のギルドが街にあります。対応した職業ギルドに向かい、【戦闘基板】を取得してください。地図の「！」マークがチュートリアル終了地点です》

《サブ職業として、別の戦闘職業にも就けます。サブ戦闘職業は最大2つまでです。

他にギャザリングが出来る【採集基板】、クラフトが出来る【生産基板】があります。採集職業と生産職業は制限なく全てのギルドに所属することが可能です。様々なギルドを訪問してみましょう》

視界の左上に小さな地図が表示された。緑の点はツカサだ。青色の「！」の表示に向かって歩き出す前に、改めて辺りを見渡した。

ツカサから少し距離を隔《へだ》てた先の、出入り口付近に1人の甲冑《かっちゅう》の男性が立っている。通り過ぎる漁師の人達が頭を下げる様子から見て、この出入り口の門番の衛兵——いや、騎士なのかもしれない。

見ていると目が合った。慌ててツカサも頭を下げる。

彼はさわやかに笑って言った。

「ここはネクロアイギス王国だよ」

「あ、は……初めまして、こんにちは！」

勇気を振り絞って挨拶をした。ゲームのキャラクターでも声をかけるのにとても緊張する。

「ここはネクロアイギス王国だよ」

「⁉」

挨拶は返ってこなかった。現地名を教えてくれるためだけにいるゲームキャラクターのようである。

ツカサは恥ずかしくなって顔を真っ赤に染めると「お、教えてくださってありがとうございます……」とお礼を告げて、足早に退散することにした。

《初めてあなた以外のプレイヤーと遭遇しました》
《他のプレイヤーについて解説します。ゲームキャラクターと区別するために、プレイヤーには頭上に名前が表示されます。
青色ネームが通常のプレイヤー、黄色ネームがＰＶＰのプレイヤー、赤色ネームがＰＫ及び犯罪値累積中のプレイヤーです》
《なお、動画やＳＳを撮影する際に、ネーム表示は自動的にイニシャル表記となります。フルネーム表記にしたい場合は詳細設定から変更してください》

「え⁉」

突然目の前に出たブラウザの解説に驚いて、勢いよく先ほどの騎士を振り返った。

彼の頭の上には、確かに赤色で『ＮＰＣ』という名前が浮かんでいた。紛れもなくプレイヤーである。

（ど、どういうこと……？）

ぽかんとしながら見つめていたら、再びこちらを見たＮＰＣが先ほどと同じようにニコリと爽やかに笑う。

「ここはネクロアイギス王国だよ」

「……あ、ありがとうございます……」

ＮＰＣが変な手の振り方をしてツカサを見送ってくれる。戸惑いつつも手を振り返して、その場を気持ち急ぎ足で離れた。

（本当になんだったんだろう……。あの人にとって何か意味があるのかな……？）

ふと、視界の左端っこにある文字で一連の流れを記して記録している別のブラウザの文字が目に留まった。

ＮＰＣエモート：ツカサの頭を撫《な》でた。

「⁉　えっ⁉」

（エモートって何⁉　僕、あの人にどうして撫でられたの⁉）

メニューには、エモート一覧というものがあった。説明によると『自動的ジェスチャーで感情を表現するもの』で、感情表現が苦手な人のための補助的表現ツールらしい。先ほどのＮＰＣの変な手の動きが撫でるエモートだったようだ。

改めてあの動きを思い返せば、確かに人の頭を撫でている仕草だった。ツカサの身長が小さくて子供みたいだからだろうか。でも見知らぬ人にされるとちょっと怖い。

胸中の動揺がなかなか収まらず、身体を縮めてレンガで舗装《ほそう》された道を歩く。そうこうしているうちにレンガ造りの西洋風の建物の前へとたどり着いた。地図で「！」のつく場所だ。入り口には鳥のレリーフ、その両横には見たこともない鳥の銅像がある。扉はない。

――《神鳥獣使いギルド》――と文字が浮かんで消えた。

中へと入ってすぐ対面にカウンターがあり、座っていた受付の女性が立ち上がる。

「神鳥獣使いギルドへようこそ。当ギルドに所属なさいますか？」

「はっ、はい」

「かしこまりました。こちら神鳥獣使い見習いに支給される初心者教本と見習いのローブです。では、この魔水晶に触れてください。あなたの魔力を鳥として視認出来るように具現化させてくれます」

（魔力？　本物の鳥じゃないんだ）

魔水晶というものにはカラフルな鳥の羽根が中に入っていて、虫が閉じ込められた琥珀《こはく》に似ている。ツカサはそっと魔水晶に手を触れた。《ランダム》を選んだため、どんな鳥が出てくるのかも楽しみだ。

「……あら。変ですね、反応がないです。他の魔水晶を取ってきますから少しお待ちください」

女性が席を立った瞬間、シャランッ！　と綺麗な音が鳴った。

《魔水晶の解析が完了しました。神鳥獣使いの【基本戦闘基板】を取得しました》

《称号【神鳥獣使いの疑似見習い】を獲得しました》

（あれ、今取得した？　解析、って……。プレイヤーってどういう立ち位置なんだろう。魔法がある世界なのになんだか機械的な表現？）

自分のキャラクターが謎に包まれている。これがこのゲーム世界の根幹《こんかん》なのだろうか。

女性が奥から新しい魔水晶を持ってくる。ツカサが触れると、ふわりと柔らかい光がツカサの身体から舞い上がり、鳥の形へと変化した。

「おめでとうございます。それがあなただけの魔力の結晶体、神鳥獣ですよ」

光が収まると、ツカサの身体ほど大きな鳥が隣に並んでいた。その巨大さに目を丸くする。

黒いくちばしに濃い青色の顔と背中、おなかの辺りは白い羽という鳥の外見を目にして、ツカサは自然と笑顔になった。

「オオルリだ」

山中で何度も美しい鳴き声を聴いたことがある。山の警備ロボットの狸の『ポコポコさん』が、どんな鳥なのか尋ねた征司にその場で鳥のホログラムを見せてくれたことがあったが、大きさ以外はまさにその姿そのものだった。

希望していた山の野鳥が出てきてとても嬉しい。ほくほくしながら女性から渡されるアイテムを受け取り、『神鳥獣使いギルド初心者教本』は所持品に、『見習いローブ』は装備する。着るとMNDが＋1された。

神鳥獣使いギルドから出る。外に出た途端、ツカサの足が動かなくなった。

驚くツカサの前に、黒い長髪を後ろで結び、黒いケープを白いローブの上に羽織《はお》った性別不詳の綺麗な人がやってくる。その人物は青い瞳を伏せ、胸に手をあてツカサに頭を下げた。

そして、すっと片手をツカサへと差し出す。手のひらの上には白い羽がある。たちまちその白い羽は雪のように溶けて消えた。黒髪の綺麗な人は悠然《ゆうぜん》と微笑み、立ち去っていく。

姿が見えなくなって、ツカサはようやく動けるようになった。

《【特殊戦闘基板〈白〉】を取得しました》

《称号【カフカの貴人】を獲得しました》

《ステータスの基板について説明をします。

基板にはスキルが刻まれます。そのスキルを解放して使うためには、スキル回路ポイントが必要です。通常、ポイントはレベルを上げることで得られます。

【戦闘基板】には、【基本戦闘基板】と【特殊戦闘基板】が存在します。【特殊戦闘基板】は条件を満たすことで得られる特別なものです。

ただし、回復職のヒーラーのみ武器が変更されないため【特殊戦闘基板〈白〉】を自動取得となっています》

《これにてチュートリアルを終了します。これからも新しい要素を解放した際に解説は登場しますのでご安心ください。また解説が不要の方は、メニュー詳細設定より解説機能オフにチェックを入れてください》

（今の不思議な人との出会いもイベントだったんだ）

《称号【五万の奇跡を救世《きゅうせい》せし者】を獲得しました》
《称号の報酬として、通貨50万G、スキル回路ポイント5、人種初期値最小の数値に＋5付与の効果を手に入れました》

その瞬間、パチパチパチパチパチ！　という拍手喝采《かっさい》に、パァン！　というクラッカーを鳴らした音が湧く。紙吹雪まで舞った。

「え？」

思わず、驚きの声が出た。

慌ててステータス欄を見れば、ＶＩＴ1とＳＴＲ1が6になって、ＶＩＴが反映されるＨＰ10がＨＰ60に変わっている。所持金も50万Ｇと表示されていて目が点になった。

称号の説明には『おめでとうございます！　あなたはちょうど5万人目のプラネットイントルーダー新規登録者です!!　本当に、本当によく登録してくださいました。ありがとうございます……』と記載されていた。

（これって、来園者何万人目！　ってお祝いされているニュースを見たことあるけど、あれ……かな？）

嬉しいけれど、少々恥ずかしい。非公開にしようと思ったら、この称号は強制公開だった。

その事実に肩を落としたツカサを、オオルリが首を傾げて見つめてくる。これがまた可愛い。ツカサはオオルリの首元をそっと撫でる。ふかふかしていた。

「街中で召喚デカいまま出してんじゃねぇよ！」

唐突に、通りすがりのプレイヤーに大声で怒鳴られ、ビクリと身体を震《ふる》わせた。

怒鳴った人物はツカサに怒った声を上げたにも関わらず、何故か嫌らしく口角を上げてニヤニヤしながらわざわざ立ち止まる。

「迷惑行為なんですけどーぉ？　ハラスメントで通報しますね」

「!?　す、すみませ……」

「さっさとしまうか、街から出ろよ」

ツカサは追い立てられて逃げるように近くの大きな城門から外へ出た。さらに城門からも距離を取る。

心臓がバクバクと鼓動していた。見知らぬ人にいきなり怒られて恐ろしかった。姿が見えなくなっても、まだあのプレイヤーが門の傍《そば》で見張っているかのように思えて、街中には怖くて再び戻れる気がしない。

（どうしよう……どうしたらいいんだろう……）

『デカいまま出すな』と怒られた言葉を思い出す。ひょっとしたらオオルリの大きさを変えられるのかもしれない。

不意に、遠方からツカサの方へと歩いてくる人影に気付いた。頭上に『雨月《うげつ》』と名前があるからプレイヤーだ。

雨月という名の青年は、銀色のポニーテールと漆黒《しっこく》の長いジャケットを風にはためかせて、右手には紅《あか》く光る長剣を、左手にはクロスボウを持っている。凄く雰囲気のあるプレイヤーだ。

彼は紅い瞳でじっとツカサの姿を捉えているように思えた。逃げ出したくなったツカサだが、彼の名前が黄色だったことで踏みとどまる。

（黄色はＰＶＰの人だ。違いはよくわからないけど、とにかくＰＫの人じゃない……よ、よぉし！）

「は、初めまして……！　あっ、あのすみません！　この子を――その、神鳥獣の大きさの変え方を知っていたら教えてくださいませんか？　街で怒られてしまって！」

ツカサは勇気を出して彼に声をかける。

すると、雨月の足が止まった。ブゥンと右手の長剣が青色に変わる。

ツカサは色が変わった長剣に目が惹きつけられた。

「……メニュー詳細設定」

「は、はいっ⁉」

「キャラクターコンフィグの召喚設定に、非戦闘時の自動最小化があるからチェックを」

「キャラクター、召喚設定」

オウム返ししながら、メニューの詳細設定内を探す。

（神鳥獣って召喚なんだ⁉　武器だって解説されていたのに）

ツカサが《街中（セーフティエリア）及び非戦闘時の自動最小化》をオンにして顔を上げた時には、雨月は長剣を腰のベルトから下げた鞘《さや》の中に戻していた。

ツカサがちゃんと出来たか待っていてくれたようで、慌てて頭を下げる。

「ありがとうございます。助かりました！」

「……大丈夫、か？」

「は、はい。このゲーム、難しいですね」

「始めたばかり……？」

「はい。ついさっき。ゲームも初めてでマナー違反《いはん》をしてしまって……ごめんなさい」

「謝る必要はない」

「でも……」

不安げに城門の入り口を見る。そんなツカサの背に小さくなった手乗りサイズのオオルリが降り立った。

「わあっ、本物のオオルリみたいだっ」

思わず歓喜の声を上げて、ハッと雨月の存在を思い出す。雨月に向けて照れ笑いしながら、ツカサはオオルリを指の腹で優しく撫でて嬉しそうにはにかんだ。

その初々しい姿をじっと見つめた雨月は口元に手をやり、少し思案顔で考え込む。それから彼は身を翻《ひるがえ》した。

《「雨月」からフレンド申請を受けました》

「うげつさん……？」

「――何か、困ったことがあったら……連絡してくれていい」

「わっ、ありがとうございます。えっと僕はツッ、ツカサです。どうぞよろしくお願いします」

視界の右下の隅に出た《フレンド申請》のアイコンに触れると、説明が出た。

《フレンドについて解説します。

フレンドはメールやチャットがフレンド一覧から気軽にでき、互いのログイン状況や現在地、相手のステータスで一部非公開の称号を閲覧《えつらん》することが出来ます。

仲良くなったプレイヤーにはフレンド申請しましょう。相手が了承すればフレンドになれます》

《また、ブロックリストもあります。こちらは暴言《ぼうげん》を吐いたり、悪質なプレイや迷惑行為をするプレイヤー名を登録してください。相手の了承は不要です。

ブロックリストに入ったプレイヤーは、あなたの姿が見えなくなります。さらにあなたのいるパーティーに入ることも出来ません。

故意にこのブロックリストを悪用した場合、アカウント停止処罰の対象になります》

しっかりと内容を確認してから、ツカサは《フレンド申請》を受ける。フレンドリストに《雨月》が登録された。

初めてのフレンドに、嬉しくて自然と笑顔になる。再度お礼を言おうと顔を上げたが、雨月はいつの間にかいなくなっていた。

1人になると、また心細くなってくる。背後の城門を振り返った。

（一旦、時間を置こう。休憩《きゅうけい》して、それからもう一度街に戻ろう）

ツカサはログアウトする。フィールドだとログアウトに30秒かかることを知って少々焦った。

第4話　ゲーム内掲示板01（総合）

プラネットイントルーダー総合掲示板Ｐａｒｔ２５５

０：正木洋介代理運営ＡＩ

この総合掲示板は、全ての職業のプレイヤーが読めて書き込める掲示板です。

1000まで書き込まれると、自動的に次の掲示板が生成されます。

過去の掲示板は《過去の書庫倉庫》から閲覧してください。

当ゲーム製作者・正木洋介は言論の自由を認め、ある程度の暴言や差別的用語の使用を許容します。

ただし、この独自言論マナーを掲示板外部へ持ち出すことは固く禁じます。また、許容を超える悪質なものは法的手段を執らせていただきます。

1：ルートさん［グランドスルト所属］ 2xx1/05/05
遺影

2：ルートさん［グランドスルト所属］ 2xx1/05/05
違った
イェーイ！

3：Airさん［ルゲーティアス所属］ 2xx1/05/05
死ね

4：ルートさん［グランドスルト所属］ 2xx1/05/05

55ブラディス事件1周忌《しゅうき》に255パート迎えるとは5が並んで縁起が良いぜ！

5：ユキ姫さん［ネクロアイギス所属］　2xx1／05／05
1周忌？？？　マサキ死んだの？？？

6：Airさん［ルゲーティアス所属］　2xx1／05／05
正木は死んでないが随分前にプラネは死んだ
気付いていないようだがお前も死んでるぞ

7：猫丸さん［グランドスルト所属］　2xx1／05／05
実質正木は死亡も同義やろ
ベータのまま1年放置で音信不通やんけ
こっちはまだ毎月金払ってんだぞ！　正式版はよ遊ばせろや‼

8：アリカさん［ルゲーティアス所属］　2xx1／05／05
リアルもネットも被害者の名前ばかり晒《さら》されるのホントクソ

9：ジョンさん［ネクロアイギス所属］　2xx1／05／05

義憤《ぎふん》ニキ　チィース！

10：アリカさん［ルゲーティアス所属］　2xx1／05／05
ぶち殺すぞクソが

11：ジョンさん［ネクロアイギス所属］　2xx1／05／05
（｀・ω・´）

12：ソフィアさん［ネクロアイギス所属］　2xx1／05／05
ざまあああwwwwwwwwww

13：ジョンさん［ネクロアイギス所属］　2xx1／05／05
>>ソフィア
今すぐ床に転がしてやろうか底辺DPS（｀・ω・´）

14：ソフィアさん［ネクロアイギス所属］　2xx1／05／05
低PSタンクが何言ってんのwwwwwww

15：Ｓｋｙダークさん［グランドスルト所属］　２ｘｘ１／05／05
ニキは義憤つーか憤怒しかないっつかヒスってるだけ
要するにただの糞野郎《くそやろう》

16：猫丸さん［グランドスルト所属］　２ｘｘ１／05／05
糞でも未だにインする稀少な優良ヒーラー様やからな
レイド中に掲示板書き込んでてミスらない有能

17：影原さん［ルゲーティアス所属］　２ｘｘ１／05／05
男褒《ほ》めるとかホモしかいねぇ

18：嶋乃さん［ネクロアイギス所属］　２ｘｘ１／05／05
パライソだらけの掲示板

19：パライソさん［ル※◎」▲■※所属］　２ｘｘ１／05／05
呼んだ？

20：Ａｉｒさん［ルゲーティアス所属］　２ｘｘ１／05／05

消えろ

21：カフェインさん［ルゲーティアス所属］　2xx1／05／05
クソ寒いNPCなりきり奴は死んでどうぞ

22：猫丸さん［グランドスルト所属］　2xx1／05／05
キャラデリして表記バグ直してこいや!!

23：ユキ姫さん［ネクロアイギス所属］　2xx1／05／05
マサキ？　この掲示板もくさくて寒いんだけど馬鹿なの??
いい加減直帰みたいなSNS風の全体チャットに作り変えて?・?・?

24：Skyダークさん［グランドスルト所属］　2xx1／05／05
無理

25：カフェインさん［ルゲーティアス所属］　2xx1／05／05
※BBSオマージュなので掲示板が無くなる日は来ません

26：隻狼《せきろう》さん［グランドスルト所属］　2xx1／05／05
テンプレ
・PK↑.Na○kの影響（ゲームインタビューで正木が明言）
・ゲーム内掲示板↑.Na○kのBBSに感化（ゲームインタビューで略）
・半運営的プレイヤー主体の暗殺組織ギルド↑.Na○kのPKK自治騎士団？
・ワードをつなぎ合わせていけるダンジョン（閉鎖）↑.Na○kのry
・PKプレイヤーメタの未帰還者サブクエ↑アウト
・黄○のダンジョン（削除済）↑アウトォォォ!!

27：Airさん［ルゲーティアス所属］　2xx1／05／05
パクリの正木

28：嶋乃さん［ネクロアイギス所属］　2xx1／05／05
いやこれがパクリとか、無印と2ファンの俺に喧嘩《けんか》売ってんのかってレベルで似てない

29：猫丸さん［グランドスルト所属］　2xx1／05／05
まぁ、うわべだけだわな

30：Ａｉｒさん［ルゲーティアス所属］　２ｘｘ１／05／05
正木はにわか

31：Ｓｋｙダークさん［グランドスルト所属］　２ｘｘ１／05／05
ベータ直後に外部でパクリ云々で騒いだ奴らがいたのにはビビる
話の世界観全然違う、インスパイアと言うのもおこがましい
つか正木はちゃんとインタビューで公言してたよな？
アニメ見たから細部で影響受けてるってよ
パロディって言葉が低脳は理解出来ないのか？

32：ジンさん［ルゲーティアス所属］　２ｘｘ１／05／05
その後ブラディス事件で見事に大炎上
クラウドファンディングの件でも炎上したし正木はよく燃えるナー

33：隻狼さん［グランドスルト所属］　２ｘｘ１／05／05
正木にはいっそのこと開き直って、世界観からゲームシステムから全部.Na○kと同じ物を作って欲しい
俺あのゲームのオンラインやりたいんだよ……

34：カフェインさん［ルゲーティアス所属］　2xx1／05／05
正木はMMOの作り方がわからんからって、ゲーム作ってもらうAIを作るような斜め上ぽんこつなんで、今の凡庸《ぼんよう》なスキル制しか無理です
大体プラネ本編も宇宙戦争モドキで.Na○kとは似ても似つかん話ですしー
スペースオペラ系SFに興味持てんのは同意するが

35：ジンさん［ルゲーティアス所属］　2xx1／05／05
プラネはスペースオペラじゃない
サイエンス・ファンタジーだよ定期

36：くぅちゃんさん［ネクロアイギス所属］　2xx1／05／05
HGウェルズも愛読しているのか正木？

37：嶋乃さん［ネクロアイギス所属］　2xx1／05／05
そのうちタイムマシンネタ出しそうだな

38：カフェインさん［ルゲーティアス所属］　2xx1／05／05

既に出ているんですがそれは
「開拓都市国家グランドスルトのガラクタゴミ置き場で発生の『架空の部品』サブクエストは、年代の違う機械部品が登場します。これはHGウェルズのタイムマシンのオマージュ。タイムトラベラーらしき死亡者の記録が鍛冶師《かじし》ギルドの倉庫にあり、どうやら過去からタイムトラベルの際、荒野の空き地を選んだはずがまさか未来に国家が作られている場所とは思わず、トラベルに失敗して死んだという裏話付き。ただサブクエスト内でこのことは明かされないです。自らの手で資料調査して初めて解明するタイプの謎クエスト」
ネクロ民はタイムマ死ン博士知らんのか？

39：アリカさん［ルゲーティアス所属］　2xx1／05／05
店主ブログのコピペ無断転載やめろやクズ

40：くぅちゃんさん［ネクロアイギス所属］　2xx1／05／05
正木の趣味趣向遍歴を味わえるプラネ

41：嶋乃さん［ネクロアイギス所属］　2xx1／05／05
確かに今更ありふれてる人工知能を主題にされてもなぁ
だからって宇宙戦争がモチーフになるのは謎だが

42：Ｓｋｙダークさん［グランドスルト所属］　２ｘｘ１／05／05
お前らなんでそんな古い作品に詳しいの？
爺《じじい》ばっかかよ

43：カフェインさん［ルゲーティアス所属］　２ｘｘ１／05／05
古いといっても話題にしてる小説もゲームもストアで配信されてますし
メカのレトロゲーブーム世代なら20代だゾ

44：くぅちゃんさん［ネクロアイギス所属］　２ｘｘ１／05／05
ストアと言えばマナ・トルマリンのストアがホラー一色だった件

45：Ｓｋｙダークさん［グランドスルト所属］　２ｘｘ１／05／05
マナ・トルマリンとか金持ちかよ

46：ソフィアさん［ネクロアイギス所属］　２ｘｘ１／05／05
金持ちってｗｗｗｗｗｗｗｗｗ

47：猫丸さん［グランドスルト所属］　2xx1／05／05
何が金持ちやねん
ゲーミングPC買うのと大して変わらんやろ

48：Skyダークさん［グランドスルト所属］　2xx1／05／05
お前もマナトルマリンなの？

49：猫丸さん［グランドスルト所属］　2xx1／05／05
（クリアVRちゃん）

50：よもぎもちさん［ルゲーティアス所属］　2xx1／05／05
2万の低スペ安物で草
…………俺もだよ（小声

51：隻狼さん［グランドスルト所属］　2xx1／05／05
マナストアのランキングは、先月バーチャルアイドルオタと富豪が戦争してた時の名残

52：花さん［グランドスルト所属］　2xx1／05／05

札束で殴り合ったんだっけ

53：猫丸さん［グランドスルト所属］　2xx1／05／05
ホラーに占領されてるってことは富豪が勝ったんやな

54：隻狼さん［グランドスルト所属］　2xx1／05／05
元々購入済みのアバターは再度購入できない仕様だったんだが、富豪が「何度でも買わせろ!!」って苦情入れまくって「既に購入済みです。本当に購入しますか?」って確認が10回出た後に何度でも買えるようにアップデートまでされた

55：チョコさん［ネクロアイギス所属］　2xx1／05／05
（´・ω・｀）

56：陽炎さん［グランドスルト所属］　2xx1／05／05
エェ……

57：アリカさん［ルゲーティアス所属］　2xx1／05／05
＞＞チョコ

そのクソ顔文字に初めて同意するわ
金の無駄遣いに呆れて真顔になる

58：陸奥《むつ》さん［グランドスルト所属］　2xx1／05／05
ガチャとそう変わらない

59：嶋乃さん［ネクロアイギス所属］　2xx1／05／05
さすが石油王　いらっしゃい

60：陸奥さん［グランドスルト所属］　2xx1／05／05
うちの島々は石油出ないよ

61：ジンさん［ルゲーティアス所属］　2xx1／05／05
石油出ないよ（マジレス）

62：花さん［グランドスルト所属］　2xx1／05／05
>>陸奥さんも戦争参加したのん？

63：陸奥さん［グランドスルト所属］　2xx1／05／05
してないよ
10回も購入を問われたから、殺人兎と人食い熊を10匹ずつ買っただけ
その時の生放送アーカイブはこれ　＞＞https://～（動画）

64：ジンさん［ルゲーティアス所属］　2xx1／05／05
参加してんじゃねぇか！

65：嶋乃さん［ネクロアイギス所属］　2xx1／05／05
ソロ廃人《はいじん》がキレてるって珍しい動画だな
どんな長時間の苦行生放送でも落ち着いてんのに

66：陸奥さん［グランドスルト所属］　2xx1／05／05
あの時は「本当に購入しますか？」って問い方がパライソに煽《あお》られてる気がしてイラッとした

67：よもぎもちさん［ルゲーティアス所属］　2xx1／05／05
パライソ草

68：ジンさん［ルゲーティアス所属］2xx1／05／05
ゲーム外でも影響及ぼすとか
さすが上位存在NPCパライソ先輩

69：影原さん［ルゲーティアス所属］2xx1／05／05
ホモは手強い

70：嶋乃さん［ネクロアイギス所属］2xx1／05／05
ぶっちゃけあいつがラスボスだろ？w

71：ジンさん［ルゲーティアス所属］2xx1／05／05
そりゃ、パライソ殲滅《せんめつ》戦が実装された時がこのゲームの終わりよ

72：NPCさん［ルゲーティアス所属］2xx1／05／05
久々のネクロアイギスで見知らぬ種人ショタを発見^^
>>https://～（動画）
この戸惑ってる感じ、中身マジで15歳くらいの男の子かな^^
顔真っ赤できゃわいい^^　何回でも動画ループできる可愛さ^^

73：Ａｉｒさん［ルゲーティアス所属］　２ｘｘ１／05／05
出たな真性

74：アリカさん［ルゲーティアス所属］　２ｘｘ１／05／05
＞＞ＮＰＣ
早く捕まれ

75：影原さん［ルゲーティアス所属］　２ｘｘ１／05／05
俺も大概《たいがい》ロリコンだけど
コイツはガチでヤベーって思う

76：Ｓｋｙダークさん［グランドスルト所属］　２ｘｘ１／05／05
いや、ロリコンの時点でお前も同類だから

77：影原さん［ルゲーティアス所属］　２ｘｘ１／05／05
俺はショタに興味ねぇんだよ！！！！

78：ソフィアさん［ネクロアイギス所属］　2xx1／05／05
キモwwwwwwww

79：Skyダークさん［グランドスルト所属］　2xx1／05／05
>>NPC
プラネに新規はいないからここの誰かのサブキャラだっての
かわいい仕草でも中身オッサンかババア

80：NPCさん［ルゲーティアス所属］　2xx1／05／05
この子の声は加工してない地声だよ^^
外部ツールで声紋《せいもん》解析してみたから確実^^
ちなみに14～16歳って判定も出た！^^
でも出会った時はあの子チュートリアル中だったんだよね
おかげでフレンド申請出来なかったの残念～^^

81：陽炎さん［グランドスルト所属］　2xx1／05／05
ヒェッ……

82：ジンさん［ルゲーティアス所属］　2xx1／05／05
ヤバい（ヤバい）

83：Skyダークさん［グランドスルト所属］　2xx1／05／05
チュートリアル中ってお前裏門に立ってたのか
何で正門にいないんだよ　人通らないだろ

84：NPCさん［ルゲーティアス所属］　2xx1／05／05
正門に立ってたら覇王《はおう》に斬られる^^

85：Airさん［ルゲーティアス所属］　2xx1／05／05
斬られろ

86：ジンさん［ルゲーティアス所属］　2xx1／05／05
ワロタ

87：嶋乃さん［ネクロアイギス所属］　2xx1／05／05
変質者も覇王は怖いんだな

88：ユキ姫さん［ネクロアイギス所属］　2xx1／05／05
あれ??
セーフティエリアの街中ってPK出来なくなったよね？？？
89：Airさん［ルゲーティアス所属］　2xx1／05／05
覇王は特別免除の武器持ちだろ
こいつ何言ってんだ
90：ユキ姫さん［ネクロアイギス所属］　2xx1／05／05
え？　街中でPK出来る武器持ってるの??
チートじゃん？？？
91：Airさん［ルゲーティアス所属］　2xx1／05／05
＞＞ユキ姫
お前の「？」がいい加減ウザいんだがぁ？？？？？？
92：嶋乃さん［ネクロアイギス所属］　2xx1／05／05

覇王はプラネの唯一無二なチート的存在だと思ってる

93：猫丸さん［グランドスルト所属］　2xx1／05／05
＞＞ユキ姫
羨ましいならGM監獄入って脱獄してこい
覇王と同じ武器もらえたら報告してくれ
垢《あか》BAN怖くて誰も検証せんから有益やぞ

94：ガーリックスさん［ルゲーティアス所属］　2xx1／05／05
ブロックリスト入りの馬鹿奴スクショ投下ー!!
街中で召喚獣デカいまま出してる迷惑な塵《ちり》を晒しとくわwww
プレイヤー名：ツカサ／神鳥獣使い
＞＞SS

95：Airさん［ルゲーティアス所属］　2xx1／05／05
……は？

96：Skyダークさん［グランドスルト所属］　2xx1／05／05

塵はお前だ

97：嶋乃さん［ネクロアイギス所属］　2xx1／05／05
取り逃げ野郎……

98：アリカさん［ルゲーティアス所属］　2xx1／05／05
こいつどういう神経で掲示板に書き込んでんだよ胸クソ悪い

99：影原さん［ルゲーティアス所属］　2xx1／05／05
ん？　このスクショの種人、ひょっとしてさっき話題のショタか？

100：NPCさん［ルゲーティアス所属］　2xx1／05／05
＞＞ガーリックス
君をBLしとくね^^

101：ソフィアさん［ネクロアイギス所属］　2xx1／05／05
変質者にも嫌われたwwwwwwwwwwwwww

102：ガーリックスさん［ルゲーティアス所属］　2xx1／05／05
害悪プレイヤーを城門から叩きだしてやったったw
ちょうど覇王（）の巡回時間www
後で死んだ時の落とし物ハイエナしにいこー

103：嶋乃さん［ネクロアイギス所属］　2xx1／05／05
ひでえ

104：Airさん［ルゲーティアス所属］　2xx1／05／05
まぁ、でも街中でデカいまま鳥出してる奴にロクなのはいない
ただの目立ちたがり屋だろ
覇王に殺されるのも自業自得だわ

105：Skyダークさん［グランドスルト所属］　2xx1／05／05
視界塞《ふさ》いで邪魔くせぇもんな
他のプレイヤーの迷惑考えろっての

106：ユキ姫さん［ネクロアイギス所属］　2xx1／05／05

ふーん？　地雷の鳥じゃん⁇
誰のサブキャラ？？？

107：猫丸さん［グランドスルト所属］　2xx1／05／05
未だに覇王の黄色ネームが解せん
出会ったプレイヤー全員辻《つじ》斬りしてる殺人鬼やぞ
なんで闘技場の健全なＰＶＰ勢判定なんや

108：隻狼さん［グランドスルト所属］　2xx1／05／05
今度覇王に遭遇したら名前よく見てみ
アレ黄色じゃなくて黄金
しかも紅いモヤのエフェクトが名前から地味に出てるから

109：猫丸さん［グランドスルト所属］　2xx1／05／05
嘘やろ……

110：嶋乃さん［ネクロアイギス所属］　2xx1／05／05
ちょっと待て

いつから「ツカサ」の名前が解禁されたんだ
みんな騒がないって既出なのか？

111：陽炎さん［グランドスルト所属］　2xx1／05／05
！！！！

112：チョコさん［ネクロアイギス所属］　2xx1／05／05
⁉（゜ω゜）

113：ジンさん［ルゲーティアス所属］　2xx1／05／05
本当だ⁉　名前ツカサじゃん！！！！？

114：隻狼さん［グランドスルト所属］　2xx1／05／05
どういうことなんだよ……
まさか正木が帰ってきた？
それともプラネの完全放棄決めてNG解禁したのか……？

115：まかろにさん［グランドスルト所属］　2xx1／05／05

そんなの困る

戦闘しなくても生産でメイン進められるＭＭＯなんてプラネだけなのに

116：花さん［グランドスルト所属］　2ｘｘ1／05／05

「司」ってのが、正木が使用禁止した.Na○kを連想させるキャラ名の1つだっけ

117：嶋乃さん［ネクロアイギス所属］　2ｘｘ1／05／05

そ、パクリパクリ粘着されて頭おかしくなった正木がブチキレて禁止にした名前の1つ

そのせいで「つかさ」って名前だった俺のフレが監獄行きになった

当時「名前変えるまで監獄から出さない」って言ってたキチＧＭ看守の中身は、ＡＩじゃなくて確実に正木本人だったと俺はにらんでる

118：隻狼さん［グランドスルト所属］　2ｘｘ1／05／05

公式サイトの新規登録者カウンター消えてた

119：ジンさん［ルゲーティアス所属］　2ｘｘ1／05／05

うわっガチだ！　まさか本当にツカサってのの新規⁉

１２０：嶋乃さん［ネクロアイギス所属］　２ｘｘ１／05／05
ご新規さん、ようこそ地獄の世紀末プラネへ

１２１：Ｓｋｙダークさん［グランドスルト所属］　２ｘｘ１／05／05
お前らが４９９９９で動かないカウンターをネタにしまくってたから消したんじゃないのか？

１２２：隻狼さん［グランドスルト所属］　２ｘｘ１／05／05
キレて消すならもっと早くにやってるだろ

１２３：猫丸さん［グランドスルト所属］　２ｘｘ１／05／05
気を利かせて俺らがサブキャラ作ってやっても、絶対に新規として数えなかったからな
正木の水増しせん潔癖《けっぺき》なところは好きやぞ

１２４：影原さん［ルゲーティアス所属］　２ｘｘ１／05／05
隙あらばホモ

１２５：ソラさん［ネクロアイギス所属］　２ｘｘ１／05／05
本当だ……この名前で作れた……

126：ソフィアさん［ネクロアイギス所属］　2xx1／05／05
早いわ！wwwwww

127：バルムンクさん［ネクロアイギス所属］　2xx1／05／05
こっちも作れたぞ

128：ジンさん［ルゲーティアス所属］　2xx1／05／05
いや、バルムンクの原典はニーベルンゲンなんで最初から規制されてない（無慈悲）

129：嶋乃さん［ネクロアイギス所属］　2xx1／05／05
どうせならハセさん作ってこいよ

130：ソラさん［ネクロアイギス所属］　2xx1／05／05
○ケェェィズッッ！！！！

131：隻狼さん［グランドスルト所属］　2xx1／05／05
＞＞ソラ

デリートして出直せ

132：嶋乃さん［ネクロアイギス所属］　2xx1／05／05
＞＞ソラ
一応お前の台詞じゃねぇから！www

133：デイトさん［グランドスルト所属］　2xx1／05／05
さっきチュートリアルが始まって速攻死んで焦った
なんだあれ、軽くトラウマなんだが

134：ジョンさん［ネクロアイギス所属］　2xx1／05／05
さてはサーチ様をないがしろにしたな？（、・ω・´）

135：くぅちゃんさん［ネクロアイギス所属］　2xx1／05／05
サーチ様を崇《あが》めろ
崇拝《すうはい》していけ、さすれば即死フラグは避けられるのだ

136：Skyダークさん［グランドスルト所属］　2xx1／05／05

お前らサーチ様出し過ぎだろ
普段どんだけゲーム内の会話で死亡フラグ立ててるんだよ
俺なんてチュートリアル以降に顔見てないぞ

137：嶋乃さん［ネクロアイギス所属］　2xx1／05／05
＞＞デイト
サーチ会話アシストを無視して何言った？

138：デイトさん［グランドスルト所属］　2xx1／05／05
「ゲームが始まったらここに出るんだよ」ってクラッシュにどやったら暗転して死んだ
どういうことだよ……これって前からメタ発言NGだったのか？

139：隻狼さん［グランドスルト所属］　2xx1／05／05
それメタ発言が原因じゃないぞ
あの小島からプレイヤーが生まれたことをクラッシュに知られたのが問題
メインで唯一ある即死エンド分岐じゃね？

140：猫丸さん［グランドスルト所属］　2xx1／05／05

クラッシュはパライソの手下やぞ（店主ブログのチャート確認しながら）

141：デイトさん［グランドスルト所属］　2xx1／05／05

クラッシュぅぅ……

142：ミントさん［ルゲーティアス所属］　2xx1／05／05

ああああああああああああああああ俺の明星《みょうじょう》杖えええええええええええええええ！！！！！！！！！！！！！！

143：陽炎さん［グランドスルト所属］　2xx1／05／05

⁉

144：ジョンさん［ネクロアイギス所属］　2xx1／05／05

どうしたどうした

145：Skyダークさん［グランドスルト所属］　2xx1／05／05

突然の絶叫文字ビビるわ

146：からしさん［グランドスルト所属］　2x1/05/05
ミントもう諦めろ……覇王の手の中だ……

147：ミントさん［ルゲーティアス所属］　2x1/05/05
ああ！！！！！！！！！

148：花さん［グランドスルト所属］　2x1/05/05
怖い怖い怖い

149：チョコさん［ネクロアイギス所属］　2x1/05/05
??（´・ω・｀）

150：ムササビXさん［ネクロアイギス所属］　2x1/05/05
【速報】ロットミス詐欺犯ガーリックス、覇王に処される【ざまあ】
【悲報】被害の明星杖、キルした覇王のポケットにイン！

151：まかろにさん［グランドスルト所属］　2xx1／05／05
ポケットって言い方かわいい

152：ソフィアさん［ネクロアイギス所属］　2xx1／05／05
wwwwwwwwwwwwwww

153：ジョンさん［ネクロアイギス所属］　2xx1／05／05
ああ……ご愁傷《しゅうしょう》様……

154：嶋乃さん［ネクロアイギス所属］　2xx1／05／05
逆に考えよう　犯人から奪い取れただけ良かったと
今ってPKしても相手の武器は奪えないよな？　覇王以外は

155：隻狼さん［グランドスルト所属］　2xx1／05／05
奪えんな
死んだら衰弱《すいじゃく》ステータス半減&アクセサリーが1個壊れる or 落とす程度に修正された

156：アリカさん［ルゲーティアス所属］　2xx1／05／05

ブラディス事件当初は衰弱ステータス半減に、ヒーラー以外の装備武器に、装備防具とインベントリの持ち物に金も全額落ちて奪えたんだよな
しかも殺されるとレベルダウンのおまけ付き
今考えると頭おかしいクソ仕様でぞっとするわ

157：カフェインさん［ルゲーティアス所属］　2xx1／05／05
覇王のキルは未だその鬼畜《きちく》仕様なんですがそれは

158：猫丸さん［グランドスルト所属］　2xx1／05／05
覇王武器はよ修正しろや正木！！！

159：ミントさん［ルゲーティアス所属］　2xx1／05／05
いやああああ覇王うううううう俺の明星杖返してええええええええええええええええええええええええええええええええええええ！！！！！

160：Airさん［ルゲーティアス所属］　2xx1／05／05
PTの時にロット取り負けした時点でお前の物じゃねぇんだよ……

161：花さん［グランドスルト所属］　2xx1／05／05
状況がさっぱりつかめない
ツカサって新規ちゃんはどうなったん？
なんで新規ちゃんハメた奴が覇王にキルされてるのん？

162：ルートさん［グランドスルト所属］　2xx1／05／05
オレも巻き込まれたから解説するぜ！
ツカサ、街から出る
↓ガーリックス、少し時間を置いて城門外へ
↓ツカサの遺体《いたい》無し
↓何故か覇王がいてガーリックスとバッタリ鉢《はち》合わせ
↓ガーリックス、キルされる
↓明星杖落として覇王が拾う
↓猛ダッシュで復讐《ふくしゅう》に来たミントと仲間、それを目撃絶叫
↓ガーリックスの遺体の上でジャンプしたオレ「ウェーイ！　覇王うぇーい！」って言ってたら覇王にキルされる
酷くね？

163：よもぎもちさん［ルゲーティアス所属］　2xx1／05／05
最後草

164：ソフィアさん［ネクロアイギス所属］　2xx1／05／05
Awwwwwwホwwwwwwwwww

165：ジョンさん［ネクロアイギス所属］　2xx1／05／05
俺でもお前をキルするわ!!w　煽ってんのかよwww

166：猫丸さん［グランドスルト所属］　2xx1／05／05
覇王ウザかったやろなぁ

第5話　偶然の出会いとフレンドの情報

VRマナ・トルマリンのホームに戻ると、滋からメッセージが届いていた。

『FROM：無限わんデン
SUB：無題
本文：こっちからもフレンド登録したよん。これからよろしゅうに』

（滋さん、公開ユーザー名は実況者名にしてるんだ）

征司も公開ユーザー名を作っておく。ゲーム内と同じ「ツカサ」にした。

《今のフレンドの様子》の項目を見ると、滋のカードゲーム解説動画とホラーらしきゲーム生放送アーカイブがズラリと並んでいる。

（そういえば、『プラネット イントルーダー』も実況している人いるのかな）

動画サイトを探してみれば、現在生放送中のユーザーを3人ほど見つけた。

1人は『ふすま』という女性実況者。視聴者とパーティーを組んで高難易度ダンジョンを進んでいる放送だ。

もう1人は『陸奥』という男性実況者で、ゲームキャラクターは女性だった。

ゲーム映像とは別にリアルの顔出しのワイプ映像付き。『8時間を予定中』のタイトルで、高難易度レイドボスに1人で挑んでいる長時間の放送。ずっと攻撃をしていてもボスのHPバーが減らず、ひたすら敵の攻撃をかわしている映像が続く。耐久とも言える挑戦中の彼は、涼《すず》しい顔で笑って視聴者のコメントと会話していた。

さらにもう1人は『海幸彦』という放送者。実況はせず、画面の映像はひたすら竿《さお》の糸を海に垂らしているもので代わり映えしない。延々《えんえん》と黙って釣りをしている。ＢＧＭだけが異様な雰囲気の曲調で騒がしかった。視聴者がコメントで『音響担当ＡＩちゃんの音は、人類には早過ぎるＢＧＭだぬ』と書き込んでいる。

（釣り、のんびり出来て良さそう。そういえば海って実際に見たことがないなぁ）

ゲームには昼食を食べてからログインすることにした。それまで縁側がぽかぽかと暖かかったので、目を休める休憩としてひなたぼっこをして過ごす。

お昼に両親が家に戻ってきて、一緒に昼食を取った。

「ゲームはどう？　面白い？」

「始めたばかりでまだよくわからない……。マナーが悪いって知らない人に怒られた」

征司が言いづらそうにそうこぼせば、母はおかしそうに笑った。

父は征司に言う。

「ネットの人は言葉がキツいだろう？　でも征司、他人がそう話しているからって自分も人にキツく当たっていいってことにはならないんだ。節度を守って、思いやりの気持ちを忘れないように」

「はい」

父の言葉に頷く。大事な心がけだと思った。

昼食後、再びゲームにログインする。

かなりドギマギしながら城門前を見渡し、人がいないのを確認してほっとした。

再び街へと入る。小さな姿のオオルリはツカサの肩に乗っている。これなら怒られることはないだろう。

道の端に移動して、どこか落ち着ける場所はないかと街中を見渡す。城門から真っ直ぐに伸びる道の先は広場のようで、その奥には巨大な門と城がそびえていた。

ツカサは広場へと行き、憩《いこ》いの場らしき一角の石の長椅子に腰を下ろす。まだじっくりと目を通していなかったメニュー画面を開いた。

（ステータス、所持品、クエスト一覧、フレンド一覧、詳細設定、エモート一覧、パーティー募集板、掲示板——……掲示板？）

文字で情報交換をする場所のようだった。ひょっとして、有名なネットの掲示板なるものだろうか。

掲示板には種類があった。

《総合掲示板》は全プレイヤーが自由に利用出来るもので、他には職業ごとの掲示板がある。ただし、就いていない職業の掲示板は見ることも利用することも出来ないらしく、ツカサが開けた職業の掲示板は《神鳥獣使い掲示板》だけだった。

（へぇ、掲示板用の公式アプリがあるのか。ゲームにログインしてなくても、携帯端末から掲示板に書き込めるんだ。アプリをダウンロード出来る場所は公式サイト——え？　でも前に検索した時、『プラネット イントルーダー・ジ エンシェント』の公式サイトは出てこなかったけど……）

ゲーム内掲示板の利用者は、必ずしもゲーム内にいる訳ではないらしい。

《総合掲示板》を少し覗いてみると、真剣にカップラーメンの話をしていた。皆が顔見知りのような雰囲気の雑談がなされていて、とてもじゃないが新規のツカサが入っていけるような空気ではなく、そっと閉じた。

次に《神鳥獣使い掲示板》を開ける。『レイドで人権が欲しい。俺達のスキルブックどこ……ドコ……』という悲しげな1年前の書き込みを最後に、それ以降の書き込みがされていなかった。

(神鳥獣使いの人、今は誰もいないみたいだ。なんでだろう?)

——書き込んでみようか、ひょっとしたら返事が返ってくるかもしれない。

そう、前のめりに考えたが、ブラウザに触れる指先が震え、手を引っ込めた。まだまだ臆病《おくびょう》な自分に落ち込み、頭を下げて溜息をこぼす。

ふと視線を上げれば、広場を猫の耳と尻尾を持つ女の子のプレイヤーが首を傾げながら歩いている姿が目に入った。

その子は眉間に皺《しわ》を寄せてはいるが、不機嫌というよりはとても困惑しきっている様子に見える。

(あの人、僕と同じ青色の名前だ)

頭上に青色で『アメノカ』と表示されている。今までツカサが会ったプレイヤーは全員赤色か黄色ネームだったので、初めて目にした青色プレイヤーの存在が非常に珍しく思えた。

つい、じっと見つめてしまった。すると相手もこちらに視線を向け、目が合う。

しばし互いに見つめ合ったまま、妙な間が続いた。

最初に動いたのはツカサだ。心臓をバクバク鼓動させつつも、ここで勇気を出さずにいつ踏み出すのかと思い切る。大丈夫、初対面の雨月とも話せたのだと自身に言い聞かせた。

ぺこりと頭を下げて会釈する。些細《ささい》な動作でしかなかったが、ツカサなりに精一杯の気持ちで初対面の人にしたアクションだった。

アメノカはツカサの仕草に釣られるように会釈を返す。それから目を泳がせて、キョドキョドと視線を四方八方にさまよわせる。口を少し開けたが直ぐに閉じて、もの凄く話しかけるかを迷い、テンパっている心情が一目瞭然《りょうぜん》な表情をしていた。

相手がツカサ以上に緊張している様子に肩の力が抜ける。自然とツカサから声をかけることが出来た。

「は……初めまして、こんにちは」

「ははっはじ、初めましてっ」

(えっとえっと、きっかけを……。話題——何か)

「何か、困ってますか?」

「えっ。あ……えーっと、困ってる……と言いますか。う、うーん……」

アメノカは気まずそうに言葉を濁《にご》して俯《うつむ》いた。しかし意を決したのか、ぐっと握り拳を作って顔を上げる。

そして少しだけツカサに近寄った。対面で立ち話をするのに不自然でない距離になる。

アメノカの顔が赤い。身体も小刻みに震えているし、緊張しているのがツカサにもよく伝わってくる。

「じ、実は私、このゲーム初めてで……」

「僕も、今日始めたばかりです」

共通点を見つけて、スルッと言葉が出た。

「！　本当⁉　えっ……と、ツカサさん？　ツカサちゃん……？」

「あ……。女の子っぽい見た目かもしれませんが、こういう人種というか、一応種人の男キャラなんです」

「うわあっ、ごめんなさいっ！　じゃ、じゃあツカサ君だねっ、いや、ですね！」

気やすい話し方のほうが親しくなれるのかもしれないと、ツカサも頑張ってみた。

「無理に敬語じゃなくても。多分、僕は同い年かアメノカさんより年下かのどちらかだと思うので」

「そっ、そっか。じゃあ、お言葉に甘えちゃおうかな……へへ。あ、あのそれでなんて言うか、ログインしてみたらこの広場にいたから……私」

「ログインしてみたら、ですか？」

ツカサはきょとんとする。虚《きょ》を衝《つ》かれて、言葉の内容が上手くのみこめない。

「キャラクターを作ったら、ここに出たってことですか？」

「あっ⁉　いや、違うの……！　ご、ごめんね、誤解を生む言い方して……っ。あ、兄にね、VRのお古をもらったんだ。そうしたら、このゲームが残ってて。『これ何？』って聞いたら、『もう遊ばないし、やるならやれば』ってパスワードももらって。試しにインしてみたら……その、ココ？」

アメノカが「ココ？」と言いながら、照れ笑いしつつ地面を指差す。

ツカサはようやく彼女の状況を理解して顔色を青くした。

「あ、あの……家族でもアカウント共有は規約違反になってて」

「え⁉」

ツカサの指摘に、アメノカもさっと顔色を変えた。

「で、でもちょっと試しにログインしてみただけでゲームを遊ばないなら大丈夫だと……」

「う、うん……そうだね、ハハ……ハ……」

アメノカは顔を強張《こわば》らせて乾いた笑いを零《こぼ》した。そしてガクリと肩を落としてうなだれる。

「じゃ、じゃあこれで……その」

「は、はい。また……いえ、さよなら」

口から出た別れの言葉にチクリと胸が痛んだ。仲良くなれそうだった人とはこれっきりのようで、またツカサの勇気もしぼんだ。

背中を向けてアメノカが去っていく。しかし2、3歩ほど歩いて足を止め、くるりとツカサの方へ振り返った。

「あ、あのツカサ君！　しばらくここにいる⁉」

「え？　はい」

「じゃ、じゃあ私、すぐに自分用の新規アカウント作ってくるから！　その……っ」

アメノカが顔を真っ赤にして言いよどむ。その言葉の先を察して、ツカサは感動しながら笑顔を向けた。

「待ってます。だから、ゆっくりキャラクターを作ってきてください」

アメノカはパアっと顔をほころばせて姿を消した。

ツカサも嬉しくて頬が緩む。ひょっとしたら、アメノカはツカサ以上に引っ込み思案で人見知りが激しい人かもしれない。何故か危なっかしく思え、放っておけない気持ちが湧いていた。――きっとツカサより年上だろうから、こんなふうに思うのは失礼かもしれないのだけれど。

ツカサは胸中でうきうきしつつ、メニューの確認に戻った。所持品から神鳥獣使いギルドでもらった『神鳥獣使いギルド初心者教本』を取り出す。

（装備品ではないよね。なんのアイテムなんだろう）

本のページを開いた瞬間、シャン！　と鈴の音が鳴る。

《【基本戦闘基板】に【水泡魔法ＬＶ１】（１Ｐ）、【風魔法ＬＶ１】（３Ｐ）、【魔法防御ＬＶ１】（３Ｐ）、【魔法攻撃回避ＬＶ１】（５Ｐ）、【魔法速度ＬＶ１】（５Ｐ）、【ＭＰ回復速度ＬＶ１】（５Ｐ）、【混乱耐性ＬＶ１】（５Ｐ）、【沈黙耐性ＬＶ１】（５Ｐ）、【毒耐性ＬＶ１】（５Ｐ）、【麻痺耐性ＬＶ１】（５Ｐ）、【即死耐性ＬＶ１】（５Ｐ）のスキルが出現しました》
《【特殊戦闘基板〈白〉】に【治癒魔法ＬＶ１】（１Ｐ）、【癒《い》やしの歌声ＬＶ１】（３Ｐ）、【鬨《とき》の声ＬＶ１】（３Ｐ）のスキルが

出現しました》

《スキル初出現の報酬として、スキル回路ポイント5を獲得しました》

《スキルの出現について説明します。スキルは、特定のスキルの取得やレベルアップによって基板に増えていきます。また、職業ギルドクエストや書物、行動によって出現する場合がございます。

スキル回路ポイントを使って、基板に出現したスキルを取得していきましょう》

（スキル回路ポイントは自分で振り分けるものなんだ。忘れないようにしないと）

1ポイントのスキルは、最低限取っておいた方がいいものだろうか。

ツカサは称号の報酬と合わせて、現在スキル回路ポイントが10ポイントある。【水泡魔法LV1】、【治癒魔法LV1】、【癒やしの歌声LV1】、【沈黙耐性LV1】を選んだ。

【沈黙耐性】の5ポイント消費は大きいが、回復が出来なくなるのは困ると思って取った。これでスキル回路ポイントを使い切る。

【癒やしの歌声】のスキルの説明に、《【癒やしの歌声】は神鳥獣の鳴き声。パーティーメンバー全員へ徐々にHPが回復する魔法をかける歌》とあったので試しに使ってみた。

すると、肩に止まるオオルリが「ピールリー」と美しい声で歌う。七色にキラキラ光る音符が五線譜をたなびかせてクルクルとツカサの周りを回った。

綺麗なエフェクトに魅せられて、ツカサはしばし五線譜を眺める。そのうちに、ふっと音符と五線譜は消えた。

（【特殊戦闘基板】のスキルは、僕自身の力というよりオオルリが何かをしてくれるって感じなのかな）

次に【水泡魔法】の説明を見て、目を丸くした。

《【水泡魔法】は水の泡の攻撃魔法。水属性魔法ではない》

（水の泡なのに水属性魔法じゃない？）

一体どういう魔法なのか。説明だけではいまいちつかめず、ツカサは外部ウェブブラウザ画面を出し、お気に入りから『ネクロアイギス古書店主の地下書棚』ブログを開く。ブログの『魔法一覧』から【水泡魔法】を見つけた。

『【水泡魔法】

ゲーム説明「【水泡魔法】は水の泡の攻撃魔法。水属性魔法ではない」

要は無属性魔法のこと。魔法版、通常攻撃。

一見説明不足もいいところな内容なのですが、プレイヤーの出自を匂わせている魔法名なのでこうなるのかなと言った感じの説明です』

（無属性の魔法なんだ。じゃあ僕は基本的にこの魔法で攻撃すればいいんだよね）

それからブログの『基本職業一覧』を見てみた。キャラクターを作っている時は流してしまった職業名が列挙されている。そこで初めて、ツカサはヒーラーにも違いがあることを知った。

『・白魔樹使い（ルゲーティアス公国）……武器は木の錫杖《しゃくじょう》（しかし金属SEがします）

生粋の純ヒーラー。直接的な全体回復持ち。

・神鳥獣使い（ネクロアイギス王国）……武器は神鳥獣と呼ばれる鳥（鳥によって鳴き声が違います）

バフ特化のバッファーヒーラー。バフ系の全体回復支援持ち。

・宝珠導使い（グランドスルト開拓都市）……武器は宝石（アクセサリー装備枠増加）

バフとデバフの両刀ヒーラー。バフ系の微少全体回復持ち。回復力が不足しているためか、敵の攻撃力減衰などの全体防御系持ち』

（ばっふぁー……。さっきの徐々に回復する魔法がバフって呼ばれるもの？　すぐに回復する全体魔法を僕は使えないんだ）

これ以上知りすぎても楽しみが減ると思い、ブログを閉じた。

そしてメニューの《クエスト一覧》を確認する。《メインクエスト『影の興国《こうこく》』開始前、進行中》となっていた。

クエストの目的地は広場の中央噴水の辺り。元々神鳥獣使いギルドから出た直後にこのクエストは発動し、今ツカサの居る広場へ来るようになっていたらしい。だが、ツカサが誘導の矢印に気付く前に他のプレイヤーに怒られて街の外へ出たため、誘導の矢印が消えてしまっていたようなのだ。地図にも確かに「！」マークがつけられていた。

「つ、ツカサ君！」

ハスキーな声に名前を呼ばれて顔を上げた。

目の前には、黄緑のふわふわした長髪と黄色の瞳、首には鱗《うろこ》があってトカゲの尻尾を持つ女性が

立っていた。青色文字で頭上に『和泉《いずみ》』とある。

声は違うが、アメノカだとツカサにはわかった。

「お、お待たせしましたっ」

「えっと、ワセンさん……？」

「あっ、違うよ。地名や名字で聞いたことない、かな？　『和泉』って書いて『いずみ』って読むの」

「ごめんなさい、知識不足で変な読み方しちゃって」

「い、いいのいいの！　気にしないで！　じゃっ、じゃあ改めてアメノカの……うーんと妹な和泉です。よろしくね！　妹を名乗る癖に、人種違うやつに変えちゃったけど」

和泉は頬を真っ赤にしながら照れ笑う。明るく振る舞ってはいるが、やはり緊張してテンパっているようだった。それに、なんだかかんだで急いでキャラクターを作り、チュートリアルを手早く済ませてきたのだと思う。少し息が荒い。

「あ、あああの！　ツカサ君、良かったらっ、い、一緒に……遊んでクダサイ……」

「僕も始めたばかりだから何もわかってないので、僕の方こそよろしくお願いします」

「あ、ありがとうぅ……!!」

「じゃあフレンドになりませんか？　少し前、困ったことがあったら連絡してってフレンドになってくれた優しい人がいたんです。僕、それが嬉しくって」

「フレンド!?　うっ、うん！　い、良い人がいたんだねぇ」

「はい。本当に――」

はにかみながら《フレンド一覧》を見た。

名前：雨月
人種：平人擬態人〈男性〉
所属：ルゲーティアス公国
称号：【大魔導の英雄】【脱獄覇王】【無罪となった極悪人】【千の虐殺者】、【殺人鬼】
フレンド閲覧可称号：【パライソの親友】【カフカの仇敵】【ベナンダンティの天敵】【深海闇ロストダークネス教会を破門されし者】【成就せし復讐】【永劫に赤へ破滅をもたらす鬼神】
非公開称号：有り
職業：二刀流剣士　ＬＶ50

ツカサは称号の羅列《られつ》に固まった。

第6話　メインクエスト開始と、ショッキングな初パーティー

はっと意識を引き戻す。驚愕《きょうがく》のフレンド情報に一時絶句して硬直したが、なんとか和泉にフレンド申請をする。
フレンド申請を待ってそわそわしていた和泉は、「ありがとう、ツカサ君！」と瞳に涙をにじませるほど喜んでツカサの申請を受けた。

名前：和泉
人種：砂人擬態人〈女性〉
所属：ネクロアイギス王国
称号：【深層の迷い子】【騎士の疑似見習い】
フレンド閲覧可称号：無し
非公開称号：無し
職業：騎士ＬＶ１

「騎士？」

「う、うん。ツカサ君、青い鳥を連れているから神鳥獣使いってヒーラーかなって思って。その……ネクロアイギスのタンクにしてみた。別の国の守護騎士ってタンクとの違いがわからなくて、ちょっと混乱したけど」

「タンクで良かったんですか……？」

「前に出て怖そうな役割みたいだけど、頑張る。あ、あのね。ツカサ君のこと抜きにしても、私、もう少し積極的になれるようにどこかで特訓したいって思ってたんだ。本当にあがり症と人見知り激し過ぎて色々ダメで……。だからタンクで自分から前に出て、度胸をつけたいというか……慣れたいなって」

「和泉さん、僕もです」

「え……？」

「僕も知らない人と頑張って話そうと思って、このゲームを始めたんです」

和泉とツカサは互いに顔を見合わせて、ふにゃりと笑みを零し合った。

「じゃあ、一緒にメインクエスト進めていきますか？」

「うん！」

「パーティー組んだ方が……あ！　和泉さん、初心者教本もらったなら読んだ方がいいです」

「これ……？　わっ、スキル出た！　そうだ、もらった装備品を装備して……。ご、ごめんね、待たせちゃう」

「全然平気です。僕もゆっくり準備しました」

和泉とツカサはのんびりと準備をしてパーティーを組んだ。それから2人でメインクエストが始まる広場の中央噴水へと近寄った。

噴水の縁に女の子が寝転んでいる。具合が悪そうなだけでなく、頬がこけた女の子は薄汚れてボロボロのワンピースを着ていた。息も切れ切れに彼女は告げる。

「お……なか、すい……た」

《メインクエスト、ネクロアイギス王国編『影の興国』——序幕『天涯《てんがい》孤独の少女を救え』が受注されました。彼女に食べ物をあげよう！》

《推奨レベル１　達成目標：食べ物を所持して彼女に再び話しかける０／１》

和泉とツカサは2人して目を丸くする。

「食べ物を探すクエスト？」

「む、向こうの……マルシェっぽい屋台が並んでいる場所へ行けばいいのかな」

ぐったりとしている少女は、ゲームキャラクターだとわかっていても衰弱している様子がリアルで、離れて本当に大丈夫なのか心配になるほどだ。でもゲームキャラクターなので大丈夫なのだろう。

後ろ髪を引かれながらも、東へ直線に道が延びる通りへと向かった。そこは道の両端に白い天幕を張った屋台がズラリと並び、活気がある。バザーという看板を掲げて剣や鎧を並べているプレイヤーも混じっていた。

「屋台のご飯、何がいいんだろう」

「そ、それもだけど、どうすればいいんだろうね。私達、食べ物を買うお金なんてないし……」

「え?……あっ」

和泉の言葉に、はっとさせられる。ツカサは50万Gというお金を持っているが、これはたまたまもらえた称号の特典だ。和泉は一文無しなのである。むしろ、現時点で大金を所持しているツカサがおかしいのだ。

すると、野菜を並べている屋台の中年の女性が和泉に声をかけた。

「アンタ達、突っ立ってどうしたんだい。買わないのかい?」

「わっ、私達一文無しで……!」

「……すみません。僕は一応お金持ってます……」

「へ⁉」

ツカサの言葉に和泉が素っ頓狂《とんきょう》な声を出して驚いた。

「ああ、そうなのかい。じゃあ、娘さんの方は小遣い稼ぎに近隣の果樹林へ行くと良いよ。あそこは国有林だけど、民の出入りも収穫も自由でね。ただ、1人が持ち出せる果物や薬草の量が決まっているんさね。ほら、むこうに黄色の天幕があるだろう? あそこが買い取りの店さ」

《メイン派生クエスト『初めて近隣の果樹林へ』が受注されました》

《推奨レベル1　達成目標：木苺0／5、ハーブ0／5を採取して引換所で渡す》

「そっちの子は日銭に困ってないなら、一攫千金《いっかく》のローゼンコフィンの薔薇《ばら》を探してみるのもいいだろうね。噂によると、近隣の果樹林に生えているのを見た奴がいるそうだよ」

《限定特殊クエスト『王の薔薇の住処』が発生しました》

《推奨レベル変動　達成目標：珍しい薔薇を採取して好事家《こうずか》へ渡す0／1》

（限定特殊クエスト⁉）

ツカサがアナウンスにびっくりしていると、通りすがりの通行人の会話が耳に入った。

「聞いたか？　西の路地裏の袋小路で人が消えるらしいって」

「聞いた聞いた。死んだ子供の幽霊が徘徊しているそうじゃないか」

《入門ギルドクエスト『暗殺組織ギルド「ネクロラトリーガーディアン」への勧誘』が発生しました》

《推奨レベル1～　完全ロールプレイヤー向けエンドコンテンツ。プレイヤー有志による悪質プレイヤーの取り締まりを主に活動する公認ＰＫＫギルド。詳しくは公式サイトを参照》

突然クエストが増えて、ツカサと和泉は互いにぎょっとする。しかもそこで終わらず、雑踏の声が耳に届くたびに、次々とクエストが目の前に列挙された。

《サブクエスト『肉が足りない！』を受注しました》
《サブクエスト『近隣果樹林の害獣退治』を受注しました》
《サブクエスト『うちの子知りませんか？』を受注しました》
《サブクエスト『閃《ひらめ》け！　新商品』を受注しました》
《サブクエスト『畑の泥棒』を受注しました》
《サブクエスト『下水道の不気味な噂』を受注しました》
《ハウジング解放クエスト『傭兵《ようへい》団と坂の上の住宅街』を受注しました》
《サブクエスト『屋根裏の怪物』を受注しました》
《サブクエスト『墓地の悪臭』を受注しました》
《入門ギルドクエスト『山の民「採集猟師」への勧誘』が発生しました》
《入門ギルドクエスト『木材加工屋「木工師」への勧誘』が発生しました》
《入門ギルドクエスト『洋服屋「裁縫《さいほう》師」への勧誘』が発生しました》
《入門ギルドクエスト『レザー防具屋「革細工師」への勧誘』が発生しました》――……、

（ちょ、ちょっと待って⁉　多い……‼）

《クエスト一覧》にズラリと並ぶクエストの数に２人は途方に暮れた。一気に抱え込んだクエストの山に茫然《ぼうぜん》となる。

「ＭＭＯって、ふっ、普通に人の会話が耳に入るだけで、やることこんなに増えるんだ……」

「あっ、でも和泉さん。《発生》って出たクエストは受けたことにはなっていないみたいです。クエスト一覧に載ってないですよ」

「ホントだ！　つまり、やらなくていい……？」

「多分、やるかやらないかを僕達が自由に決めていいクエストなんだと思います。暗殺組織ギルドに入るってクエスト名もありましたし、入りたい人は進めてクエストにしようってものなんじゃないでしょうか。受けられる場所のヒントは、通行人の人が話してくれてましたから」

「西の路地裏……袋小路」

「僕は、そのクエストはちょっとやめておこうかなって」

「わ、私も。採取や生産系もまだ触らなくても、だね。じゃあ、近隣の果樹り……あ！　でもツカサ君は行かなくてもメインクエストクリアは出来そうなんだよね……？　お金持ってるってさっき――……」

「僕も果樹林に行きます。果樹林に行くのが通常の流れだと思うし、限定特殊クエストのアナウンスも気になって」

「そんなのあったんだ！」

和泉には限定特殊クエストのアナウンス自体が無かったらしく、薔薇の話をしたらとても驚いていた。屋台の女性がツカサに喋っていた話は、ただの雑談だと思って聞いていたそうだ。

遅れて解説が表示された。

《クエストについて解説します。

メインクエストは「プラネット イントルーダー」の本編ストーリーです。

初期所属国によって紡《つむ》がれる物語は違いますが、最終的に全ての国の物語は1つに繋がります。

この進み具合によって、他国への移動や所属の移籍《いせき》、傭兵団機能、ハウジング機能、ダンジョン、レイドやエンドコンテンツなどのクエストが解放されます。

自動でクエストは受注されますが、メインクエスト以外の、メイン派生クエスト・サブクエスト・限定特殊クエストなどは《クエスト一覧》から破棄が出来ます。自由に取捨選択して冒険してください》

《また、「発生」の場合はクエストが受注されていません。主にギルドの入門や、特殊な条件と場所を満たした時に正式なクエストとなるものです。クエストを受注出来る場所は発生情報の際にもたらされます。ぜひ探してみてください》

大体ツカサが予想した通りの説明だった。サブクエストの内容をよく確認すると、近隣の果樹林に関係するものが多いので、和泉と話して同時に少しずつ進めることにした。

市場通りを突っ切れば、東の城門にたどり着く。

門番に衛兵はいたが、プレイヤーでもなければ特に声をかけられることもなく、軽く会釈して門を通った。

東の城門から出れば、どこかへ続く真っ直ぐの街道とのどかな平原が広がる。ところどころに虫のモンスターらしき生き物も点在していた。

少し歩くと、林が見えてくる。意外と木々も深く、森といっても遜色《そんしょく》がない果樹林だ。

ツカサが果樹林へ足を踏み入れた瞬間、シャンシャンッ！　と不思議な音色が鳴り響いた。

《限定特殊クエスト『王の薔薇の住処』を受注しました》
《推奨レベル変動　達成目標：珍しい薔薇を採取して好事家へ渡す０／１》
《これより「レベル変動制・ＬＶ１幻樹ダンジョン」へ突入出来ます。このダンジョン内では経験値が入らず、レベルが上がりません。受注者が外でレベルを上げた場合、現在のダンジョンは消失します》
《推奨人数１～４人。パーティー募集板の使用可。パーティー編成入れ替えでのダンジョン出入り可》

「ダンジョン⁉」

ツカサと和泉は驚いて顔を見合わせる。

「うわ、果樹林に入ろうとするとダンジョンに入るってなる……。和泉さんも限定特殊クエストの受注が出てダンジョンに入る形ですか？」

「う、ううん。私はえっと《パーティーメンバーが限定特殊クエストを発動しました。『近隣の果樹林』フィールドではなく、ともに『レベル変動制・LV1幻樹ダンジョン』に突入しますって……い、いきなりダンジョン、に……」

「巻き込んでしまっているんですね。じゃあこれ破棄した方が――」

そこで和泉が慌ててツカサを止めた。

「ま、待ってツカサ君！　もっ、もったいないよ!!　やってみよう!?　LV1のダンジョンだから、きっと初心者でも……！　そ、それに私がパーティーを抜けてもいいし……」

「和泉さんが抜けるなんてそんな……。あの、じゃあこのクエスト付き合ってもらっていいですか？」

「うっ、うん！　もちろん！」

（最大4人。パーティー募集板可ってわざわざ条件に書かれているから、他の人に手伝ってもらう必要があるのかな……？　ひょっとしてパーティー募集板を使う練習？）

「えっと、これからパーティー募集板で、2人手伝ってくれる人を募集してみようと思います。和泉さん、知らない人とのパーティーは大丈夫ですか？」

「ぐっ……。が、頑張ってみる……ううん、頑張るよ！」

「僕も、頑張ります」

ツカサも心中でバクバクと鼓動を鳴らし、緊張しながらメニューの《パーティー募集板》に触った。

どこまで、何を、どう記載して募集すべきかも全くわからなかったので、ひとまず『レベル変動制・LV1幻樹ダンジョン』、現在のパーティーメンバーはタンクとヒーラーだけを明記して出すと、即2名の枠が埋まり、パーティー欄に見知らぬ名前が表示された。

そして目の前に黒い渦の円形のゲートが展開され、その中から2人の青年が現れる。

「こんちゃーっす」

「よろしく」

「よっ、よろしくお願いします！」

「初めまして。よろしくお願いします」

2人の挨拶に合わせて、和泉とツカサも慌てて挨拶を返す。

彼らは赤色ネームで平人男性の棒術士の『ルート』と、黄色ネームの森人男性の二刀流剣士の『Ｓｋｙダーク』。ルートは、Ｓｋｙダークがクロスボウではなく、両手とも片手用の長剣なのを見て「どっちも近接かよー！　邪魔くせーの！」と明るくケラケラ笑っていた。

「じゃあ、行きます」

ツカサは意気込んでダンジョンへと足を踏み出した。

そこは白いモヤのような霧が立ちこめ、低い木と茨《いばら》の壁に囲まれた籠の中のような場所となった。果樹林の面影はない。目の前には大きな蜂とテントウ虫のモンスターが徘徊している。

「さっさと行けよ」

「えっ」

ツカサはビクリと肩を揺らした。自分に言われたと思った言葉に焦ったが、声を出したＳｋｙダークは和泉を見ていた。

「タンク」

「えっ……あ、あの……えっと、わっ私が先頭に、ですよね……？」

恐る恐る確認を取るように和泉が皆の顔を見渡す。

ルートが「そっすよ」と笑って肯定《こうてい》した。

「じゃ、じゃあ……！」

和泉が顔を上げ、及び腰ながらも1歩前へと踏み出す。

《「Ｓｋｙダーク」が「レベル変動制・ＬＶ1幻樹ダンジョン」から離脱しました》

（ええ⁉）

唐突にＳｋｙダークがパーティーから抜けた。

第7話　初心者タンクとヒーラーと覇王の凸凹《でこぼこ》パーティー

Ｓｋｙダークに突然パーティーを抜けられて、ツカサと和泉はショックを受ける。特に和泉の顔色は真っ青になっていた。

もう1人のパーティーメンバーのルートが、頭をかきながら「あちゃー」と言って苦笑する。

和泉は震えながら謝った。

「ご……ごめんなさい……わたっ、私がもたもたしていたから……っ」

「や。タンクさんのせいじゃないって。気ニシナーイ気ニシナーイ！ ああいうせっかちな奴もいるってことで、1つ勉強になったっしょ。じゃ、どうする？ パーティー募集もっかいする？」

「はっ、はい！ してみます」

「うぃっす」

3人は一旦、ダンジョンの外に出た。

ツカサはプレッシャーを感じつつ、背筋を伸ばして再度パーティー募集板でメンバーを募る。

しかし、いくら待ってもパーティーに入ってきてくれる人はいなかった。ルートが不意に「ぶっ」と吹き出す。

「あ、ダメだコレ。掲示板で晒されてるぅ。誰も入ってこねーわ。あんの無言抜け効率厨め」

「え⁉」

「さ、ささ晒……っ⁉」

和泉が真っ青を通り越して顔色をなくした。

「いやぁー、新規には悪いけど、プラネって過疎《かそ》ってるっしょ。常時ログイン率なんて30人いれば多いぐらいなんだぜ。みんな顔見知りの村状態な世界なわけ。掲示板も特定の奴が回してるだけだし？　話回るのも村八分になるのもハエーハエー」

ルートが《総合掲示板》を見ながらケラケラと笑う。こんなことになってもパーティーを抜ける気配のないルートは良い人だ。なんとかこの優しさにむくいたいと思った。

「幻樹だし、初期レベタンクとヒラで3人はナァ……。ん、フレ呼ぼ」

「あの、じゃあせめて僕が……！」

「へ？」

手早く連絡するために、ツカサはメールではなく雨月にチャットを送った。

ツカサ：「レベル変動制・LV1幻樹ダンジョン」に来ています
　　　　パーティーメンバーが足りません
　　　　今、お忙しくなければ手伝っていただけませんか？

雨月　：構わない。すぐに行く

「来てくれるみたいです……！」

「え。このタンク以外にフレいたの？　なら最初っから――」

雨月の名前がパーティー欄に表示された。

黒い渦の円形のゲートが展開されて雨月が現れ、ツカサは慌てて頭を下げた。

「雨月さん、来てくれてあ……」

《サーバー回線接続エラーが発生しました。「ルート」がログアウトになりました》

「ええっ!?」

ツカサは思わず驚愕の声を上げて振り向いた。そこにいたはずのルートの姿は既にない。

「る、ルートさん……」

和泉が真っ青になっている。

「わたっ、私が……私のせいで……っ」

「そんな、和泉さんのせいじゃないです。エラーだって表示されていますし、たまたま……！」

混乱して慌てる2人に、雨月が静かに切り出した。

「ツカサさんが言うように気にすることはない。本人の意志に関係なく、たまに回線不調は起こる。——2人とも、スキルを確認していいか」

ツカサは促されておっかなびっくりにステータスを開き、【水泡魔法】【治癒魔法】【癒やしの歌声】【沈黙耐性】のスキル名を告げる。

するとと雨月は、ツカサのスキル構成に目を見張った。

「【沈黙耐性】を既に持っている？　初期レベルは5ポイントしかないはずだ」

「称号のおまけで5ポイント余分にもらって」

「ポイントがあったのか……？」

「はい」

「称号の特典で初めて聞いたな……これか、【五万の奇跡を救世せし者】」

雨月はブラウザを開き、ツカサのフレンド情報を見て感嘆《かんたん》の声を上げた。

読み上げられると気恥ずかしい。ツカサは顔を赤くして話す。

「僕がちょうど5万人目の、新規登録者だったそうです」

「おめでとう」

雨月に真面目な顔で祝われた。反応に困って余計に照れてしまう。「あ、ありがとうございます……」となんとか返答した。遅れて和泉からも「おめでとう」と追随《ついずい》されて、ますます照れまくった。

すると雨月が、所持品から杖を取り出してツカサへと差し出す。ツカサの目の前にトレード画面が表示された。


『雨月』から『明星杖』のトレード申請を受けました。承認しますか？》

「祝いにこれを。なかなか特別な称号だったから」

確かに5万人ぴったりの人数の称号は一点物だ。だが、それで雨月に物をもらってもいいのか悩んだ。気を遣わせてしまい、申し訳ない気がして戸惑う。

「ダンジョンに入る前に装備してくれ」

「あの、でもヒーラーは武器の装備を」

「初期から変えられないのは知っている。だがヒーラーはキャスター――魔法アタッカーの武器を、レベル制限もないアクセサリーとして1つ腰に装備出来るんだ。勿論武器としては使えないがMPが微妙に上がる。LV1で装備出来る、唯一のアクセサリーだ」

（えっ、そんな裏技みたいなことが？）

「それはヒーラーだけですか？」

「ヒーラーだけだ。プラネはヒーラーが優遇《ゆうぐう》されている。……悪名が流れる前は、ヒーラーゲーと呼ばれていたぐらいには、製作者の熱の入れようが他職とは違う」

「で、でもこの杖は本当にいただいていいものなんですか？　LV50の星魔法士武器って……貴重な物なんじゃ」

「どうせそこらで売り払うか捨てるつもりだった。気にしないでもらってくれ」

「はっ、はい。ありがとうございます」

MPはこれからダンジョンで使うものなのだし、好意を断るのも失礼だと思ったので素直に受け取ることにした。

トレードを承認し、もらった明星杖を腰のベルトに下げる。ツカサが装備をする間、雨月と和泉は急かすこともなく待っていてくれた。

それから雨月は、口元に手をやって少し考え込む様子を見せてから、気合いを入れるように重い溜息を吐いた。

「……この3人のみで行こう。俺が【水泡魔法】【治癒魔法】【鬨の声】を取る。攻撃力アップのバ

フを担当するから、ツカサさんは回復に専念してくれ」

そう言い終わるやいなや、雨月の格好がツカサと同じ見習いローブ姿に変化した。

加えて雨月の隣には、モコモコのねずみ色の体毛に、頭とその周辺の輪郭《りんかく》とくちばしは黒色で顔は白色の毛のずんぐりむっくりした体型の鳥が現れた。

ツカサと和泉はその愛らしい姿に頬を緩める。

「ペンギン！」

「わぁっ、コウテイペンギン！　コウテイペンギンの雛《ひな》だ、可愛いねっ！」

特に和泉が目を輝かせてはしゃいだ。ずっと遠慮がちだった態度が吹っ飛ぶぐらいに興奮している。

雨月は隣に並ぶコウテイペンギンを少しの間じっと見つめると、手を伸ばしてぎこちなく頭に触れた。そして詰めていた息を吐く。彼が身体を強張らせていたことに、ツカサは遅まきながら気付いた。

「雨月さんも神鳥獣使いだったんですね」

「……今はもう、ただのサブ職だ。１年振りに出した」

（１年振り……〝５・５ブラディス事件〟っていう大規模なＰＫ事件以来……？）

現在、パーティー欄の雨月は『神鳥獣使いＬＶ１』となっていた。当時のままのレベルでないのは想像にかたくない。ＰＫについて詳しくないが、被害者のレベルが下がることがあるのだと察せられた。後でＰＫを受けた際のペナルティについて調べておこうとツカサは頭の片隅で思う。

不意に、ツカサのオオルリがコウテイペンギンの頭に触れた雨月の手の上へとヒラリと飛び移る。

雨月を見上げて「ピ」と小さく鳴いたオオルリに、雨月は初めて柔らかな笑みを浮かべた。

「綺麗な、青い鳥だな」

眩《まぶ》しげに目を細める雨月に、オオルリは首を傾げた。


改めて、3人でダンジョンへと足を踏み入れる。

和泉がタンクを始めたばかりで右も左もわからない旨を雨月に伝えた。それを聞いた雨月から提案される。

「この入り口付近でタンクとヒーラーの基本的な立ち回りを知っておいてほしい。一度、指示通り動いてもらっていいだろうか？」

「え、ええ！　おっ、おね、お願いしますっ……！」

「じゃあ、和泉さんは俺の後ろについてきてくれ」

「後ろに……？」

雨月が大きなテントウ虫に近付いていくのに、和泉もおっかなびっくりについていく。そして雨月は【水泡魔法】をテントウ虫にぶつけた。

するとテントウ虫の頭上に、〝魔虫テントウLV5〟という名前と、その下にHPバー、さらに下に黄色のバーが出現する。

「和泉さん、すぐに攻撃を何度か頼む」

「はっ、はい！」

「2人からは黄色に見えているバーは〝ヘイトゲージ〟と呼ばれるものだ。敵視と言って、通常このバーを赤くした者に敵は攻撃をし続ける。今は俺が赤色のバーだ」

説明しつつ雨月は素早く和泉の後ろへと回った。和泉は言われた通り、魔虫テントウに何度か剣を振り下ろす。

「ツカサさん、パーティー欄の名前の下に各ヘイトバーが載っている。色だけじゃなく、数字があるだろう。その数字はヘイト順を表している。そこを見て、和泉さんがヘイトを俺から奪い返したら【癒やしの歌声】を」

「わかりました」

「常にヘイトゲージを赤くしていることがタンクの基本になる。パーティーメンバーの誰にもこの色を渡さない腹づもりでいてくれ。タンクがヘイトを取る方法は簡単に言って2つ。ファーストアタック……誰よりも最初に敵を攻撃すること。そしてヘイトを上昇させるスキルを使うこと」

攻撃をし続ける和泉のヘイトバーが赤くなり、2から1と数字も変わったので、ツカサは【癒やしの歌声】というオオルリの傍に浮かんだ文字に触れる。オオルリが「ピールリー」と歌い、五線譜と音符が3人の周りをクルクルと舞った。

敵のレベルが高いため、和泉は既にHPが残り1割しか残っていない。そんな危ない状態なのに、【癒やしの歌声】ではすぐに回復はされずヒヤリとする。

単体回復魔法の【治癒魔法】を使った方が良かったのではないかと内心ハラハラするが、和泉が再び敵を殴った瞬間、バフ効果によってHPが8割戻って、ほっと息をついた。

「ツカサさん、もう一度【癒やしの歌声】を。和泉さんの方に来てくれ」

（あれ？　バフの効果って戦闘中はすぐに切れるもの？）

胸中で首を傾げながらも、これで和泉のＨＰが全快になると安堵《あんど》し、ツカサは少し気を緩めて再び【癒やしの歌声】を使った。

すると魔虫テントウがツカサに顔を向け、一直線にツカサへと走ってくる。

「え⁉」

「ツカサ君⁉」

「和泉さん！　すぐに敵を追いかけて傍で【宣誓布告《せんせいふこく》】‼」

「ひゃいっ‼」

舌を噛んだような返答をして、和泉が慌てふためきながら指示通りに走り出す。その間に、突然のことで動けないどころか後ずさって和泉達から離れてしまったツカサは、魔虫テントウに体当たり攻撃をされた。一気にＨＰが９割無くなって瀕死《ひんし》状態になる。

あまりの自身のやわさに衝撃を受けた。明らかに和泉と受けるダメージ量が違う。

（初期値のままのＨＰ10だったら死んでた……‼）

称号の報酬でＨＰは60になっている。それでもこれなのかと愕然《がくぜん》とした。

ツカサが青くなっているうちに、【癒やしの歌声】のバフでＨＰが回復し、ツカサを背にかばった和泉が【宣誓布告】のスキルを使った。

目の前の空中に、七色の光を放つ盾のエフェクトが浮かぶ。敵が和泉へと攻撃の矛先《ほこさき》を変えた。

《称号【死線を乗り越えし者】を獲得しました》

（まだ乗り越えてないよ⁉）

思わず胸中で称号アナウンスに突っ込みを入れる。

コウテイペンギンの雛が「キュッキュユ！」と鳴いた。オオルリの五線譜と五線譜が重なり合い、【癒やしの歌声】の音符の間に、【鬨の声】の音符が追加される。それまでダメージが0か1しか入らなかった和泉の攻撃が9、10、時には20とダメージが出るようになった。

「ツカサさん、譜面をよく見て。音符が軽く光って、その光が次の音符に移っている。あれはただのエフェクトじゃないから、最後の音符の1つ手前で、再び【癒やしの歌声】をかけ直してくれ」

ツカサは頷き、教えてもらったタイミングで【癒やしの歌声】を使った。さっきとは違い、ヘイトがツカサに来ることはなかった。

「和泉さんは適度に【宣誓布告】を使って、ヘイトを維持してくれ。そうすれば、俺が攻撃に参加してもヘイトは和泉さんで固定される」

「はいっ」

雨月の【水泡魔法】も加わって、魔虫テントウのＨＰは０になる。倒された魔虫テントウはひっくり返ると、光のエフェクトと共に消えた。

和泉とツカサは互いに顔を見合わせて「やったね！」「うん、やったー！」と喜んだ。

「……良かった。でも正直危なかったな、言い方が悪くてすまない」

「いいえ！　僕の方こそ、とっさに動けなくてごめんなさい」

「ヒーラーにヘイトが来た時は、すぐにタンクに取ってもらえるようにタンクの傍に行くようにしてくれ」

「はい、次は絶対そう動きます」

雨月から【治癒魔法】がツカサにかけられた。HPは既に全快だったので、気持ちの回復だ。随分《ずいぶん》、心配をかけてしまったようである。

「さっきの回復バフで気付いたと思う。回復は敵に攻撃と見なされてヘイトが上がるんだ。さらに回復バフは、自動回復ごとにヘイトが積み重なり上がっていく。回復魔法を過剰に使われ続けると、タンクがいくら頑張ってもヘイトを奪われて取り返せなくなるから、状況をよく見て考えて回復するように。それに戦闘前は周りに注意すること。敵が近くにいる状況で戦闘前にバフを使うと、敵にファーストアタック攻撃と認識されてヒーラーが襲われる」

回復はすればするほどいいというものではないのかと、ツカサは目から鱗だ。

和泉も勇気を出して雨月に質問する。

「あ、あの！……タ、タンクって他に注意することってありますか？」

「注意――そうだな、開幕にはヘイトの上がる【宣誓布告】を必ずして、敵の攻撃は避けられるものはきちんと避けること。そのうち防御バフのスキルをポイントでしっかり取り、それを使ってダメージ量を抑えること。ヒーラーの負担を減らすのが有能なタンクだ。後は考えなしに敵を攻撃するアタッカーがいる。面倒を見てやってもいいし、床に転がせてもいい。生殺与奪《せいさつよだつ》はタンクが握っている。好きに扱え」

「え……え⁉」

和泉は目を白黒させながら、教えられたことを自分の中で反芻《はんすう》して覚えようとしていた。

「せ、【宣誓布告】って、造語《ぞうご》ですか？　宣戦布告とは違うもの……？」

「プラネの造語で合っている。プラネに登場する海人という人種が、戦争をしかけない存在であることを主張する表現のスキル名らしい」

「ウミビト……」

「戦闘とは関係ないが、【宣誓布告】はエフェクトをカスタマイズ出来る。デフォルトはネクロアイギス王国の紋章盾だが、盾じゃなくて旗や巻物に変えたり、文字や絵が浮かぶようにしたり、自由に変えられる。ずっと使い続けるスキルだから好きにするといい」

「そっ、そんなオシャレ機能が！」

心がくすぐられたらしい和泉がとても反応した。

ツカサはオシャレという辺りにピンとこなかったが尋ねる。

「みなさん、変えているのが普通なんですか？」

「いや、デフォルトが多い。それでもたまに個性的なものに変えている奴がいる。それで語り草になっている事故もあった」

「事故、ですか？」

「とあるタンクがレイドボスでカスタマイズの【宣誓布告】をした。空中に『ニャーッ！』という文字と集中線を入れた写実的な猫の絵が浮かび、予想外の光景にヒーラーが笑い転げた。それでパーティーが全滅したという笑い話だ」

「それは……不幸な、事故ですね……」

「笑い話」と言いながらも至極《しごく》真面目な顔を崩さずに話す雨月に、ツカサは曖昧《あいまい》に相づちを打つ。

視界の端で和泉が肩を震わせて笑いを堪《こら》えている姿が目に入る。和泉のツボに入ったようだ。

雨月の「このダンジョンは敵を倒しても経験値もアイテムも手に入らない。出来るだけ避けていこう」という鶴《つる》の一声に従って、和泉とツカサはモンスターを避けながら、こそこそと歩いて進んだ。先導は雨月である。さすが経験者、ヒーラーなのに頼もしい。

「わ、私さっきの戦闘で【死線を乗り越えし者】って称号ゲットしちゃった」

「僕も、もらいました」

「へへ、おそろいだー！　この称号、大ダメージを受けた時に1度だけHPが0にならず1割で踏ん張るって効果付きみたいだね」

「でも即死攻撃には効果無いみたいです。そっちは【即死耐性】を取るようになっているのかな」

「ホントだ。即死は怖いし……早めに取りたいなぁ」

《【基本戦闘基板】に【隠密LV1】（10P）のスキルが出現しました》

「え」

「あっ」

ここそこ移動していたせいか、新しいスキルが出た。ツカサと和泉が目を丸くしていると、雨月が先ほどの2人の会話に付け加える。

「【死線を乗り越えし者】の称号は隠しておいた方がいい。《非公開称号》に設定しておくのを勧める」

「どうしてですか？」

「ヒーラーが手を抜く。1度ぐらい回復が間に合わなくても死なない称号だからな」

「え……」

「そ、そそ、そんなことが……っ」

「タンクもヒーラーがその称号を持っていたら手を抜くことがある。もっとも、大ダメージ攻撃で大抵即死するヒーラーがその称号を持っているのは珍しいが」

「称号ってそんなにチェックされるものなんですか？」

「される。レベルと装備よりも、まずパーティーメンバーの称号を確認するのが基本になっている。メインの進行状況も、PK具合も、特殊称号があれば腕前だって察せられる。戦闘を左右する称号があれば、その称号を前提とした動きを要求される。だから強制公開の称号以外は《非公開称号》に、それが出来なければ《フレンド閲覧可称号》に設定出来るものは設定しておく。――俺はいちいち面倒だから《詳細設定》で《得た称号の自動非公開振り分け機能》をオンにしている」

雨月に言われて、ツカサと和泉もその機能をオンにした。互いに称号が見えなくなったのを確認する。

「あれ？　ツカサ君の神鳥獣使いの称号も見えなくなったよ？」

「和泉さんも騎士の称号が非公開になってます」

「職業系の称号は隠した方が無難だからそれでいい。手持ちのサブ職の称号が見えていると、パーティーに不足している職に変えさせる強引な奴や、絡んでくる奴がたまにいる」

「そうなんですか」

雨月の忠告は初心者2人にとって、とてもためになる。

モンスターを避けて隠れながら進んでも、やはり見つかってしまうことはあった。たまに戦闘になる。

そしてそんな戦闘中に、時々雨月が攻撃バフも攻撃自体もしてくれないことがあった。今後の2人での戦闘を考慮してくれて、あえて手を出さない方針なのかもしれない。

しかしそうなると、和泉だけでは敵のＨＰを減らすのが大変で時間がかかる。焼け石に水でも、ツカサも攻撃するようになった。

最初こそ戸惑ったものの、攻撃することに徐々に慣れていく。おかげで回復の合間に攻撃をするリズムというか、立ち回りをおぼろげに習得した。

《【水泡魔法】がＬＶ２に上がりました》
《【癒やしの歌声】がＬＶ２に上がりました》

《【沈黙耐性】がLV2に上がりました》

経験値が得られないので神鳥獣使いのレベル自体は上がらないが、嬉しいことにスキルレベルの方は上がった。

（沈黙攻撃してくる敵なんていなかったのに【沈黙耐性】が上がった……？　なんでだろう）

雨月に尋ねようと思ったが、ちょうどダンジョンの行き止まり――終着点にたどり着いた。そこには中央に不思議な水の台座があり、クリスタルのように透明にすき通る花びらの大輪の薔薇が1本台座から生えていた。

雨月が薔薇へと手を向け、ツカサを見て頷く。

ツカサは頷き返すと薔薇へと手を出し、そっとその茎に触れた。

《「真なるローゼンコフィンの薔薇」を手に入れました》

《「レベル変動制・LV1幻樹ダンジョン」をクリアしました》

《称号【幻樹ダンジョン踏破者】を獲得しました。LV1ダンジョン踏破の報酬として、通貨20万Gを手に入れました》

アナウンスの後に、果樹林の入り口へと3人は戻される。ダンジョンは消えた。

《「雨月」がパーティーから離脱しました》

黒い渦の円形のゲートが現れる。ツカサは急いで雨月に頭を下げた。

「雨月さんっ、手伝ってくださってありがとうございました！」

「あ、ありがとうございました……!!」

和泉もぺこりと頭を下げる。雨月は微かに柔らかく微笑むと、軽く片手を上げて２人に頷き、ゲートと共に姿を消した。

ツカサと和泉は少しの間ぼんやりして顔を見合わせ、ふっと弛緩《しかん》する。

「疲れましたね」

「う、うん。でも楽しかった」

「本当に。僕、こんなに次々と知らない人と話したの、今日が初めてです」

「わっ、私もだよ」

２人で話しながら、一旦街へと戻った。明日も一緒に遊ぶ約束をして、ツカサはログアウトした。

□――――――――――――□
名前：ツカサ
人種：種人擬態人〈男性〉
所属：ネクロアイギス王国

称号：【深層の迷い子】【五万の奇跡を救世せし者】（Ｎｅｗ）
フレンド閲覧可称号：【カフカの貴人】（Ｎｅｗ）
非公開称号：【神鳥獣使いの疑似見習い】（Ｎｅｗ）【死線を乗り越えし者】（Ｎｅｗ）【幻樹ダンジョン踏破者】（Ｎｅｗ）

職業：神鳥獣使い　ＬＶ１
ＨＰ：60（↑50）
ＭＰ：１００（＋１１０）
ＶＩＴ：６（↑５）
ＳＴＲ：６（↑５）
ＤＥＸ：５
ＩＮＴ：６
ＭＮＤ：10（＋１）

スキル回路ポイント〈０〉

◆戦闘基板

・【基本戦闘基板】（Ｎｅｗ）
「【水泡魔法ＬＶ２】（Ｎｅｗ）（↑１）【沈黙耐性ＬＶ２】（Ｎｅｗ）（↑１）
・【特殊戦闘基板〈白〉】（Ｎｅｗ）
「【治癒魔法ＬＶ１】（Ｎｅｗ）【癒やしの歌声ＬＶ２】（Ｎｅｗ）（↑１）
◇採集基板
◇生産基板

所持金　70万Ｇ
装備品　見習いローブ（ＭＮＤ＋１）、明星杖（ＭＰ＋１００）
□――――――――――□

第8話　ゲーム内掲示板02（総合）

プラネットイントルーダー総合掲示板Ｐａｒｔ２５５

２７１：Ｓｋｙダークさん［グランドスルト所属］　２ｘｘ１／05／05
いい加減、袋麺《ふくろめん》派は自分達が化石だと認めろやカス

２７２：マウストゥ☆さん［グランドスルト所属］　２ｘｘ１／05／05
すぐマウント取り始めるよな
カップ派はクズい

２７３：猫丸さん［グランドスルト所属］　２ｘｘ１／05／05
冷凍パスタ派のワイ、高みの見物

２７４：カフェインさん［ルゲーティアス所属］　２ｘｘ１／05／05
レトルトの時点でお前の物見台低いゾ

２７５：アリカさん［ルゲーティアス所属］　２ｘｘ１／05／05
編集規制しやがってクソがッ
オイ！　昼は終わっただろ
とっとと解散しろゴミども

276：ジョンさん［ネクロアイギス所属］　2xx1／05／05
義憤ニキ（、・ω・´）

277：Skyダークさん［グランドスルト所属］　2xx1／05／05
また開幕ヒスってんのかよ

278：アリカさん［ルゲーティアス所属］　2xx1／05／05
誰か俺の代わりに「5・5ブラディス事件」の捏造《ねつぞう》百科事典を書き換えてくれ
あの外部の奴らが書いた記事を目にする度にブチキレそうになるわ

279：カフェインさん［ルゲーティアス所属］　2xx1／05／05
既にキレてるんですがそれは

280：ジンさん［ルゲーティアス所属］　2xx1／05／05
義憤ニキは沸点低過ぎんよー

281：花さん［グランドスルト所属］　2xx1／05／05
捏造百科事典って、プラネを検索したら真っ先に出てくるオンライン百科事典のこと？

282：よもぎもちさん［ルゲーティアス所属］　2xx1／05／05
プラネ検索して正木の解説が1番上に出るの草

283：ユキ姫さん［ネクロアイギス所属］　2xx1／05／05
プラネの公式サイト出てこないんだ？？？？
検索村八分にされてんのウケるwwwww

284：Airさん［ルゲーティアス所属］　2xx1／05／05
＞＞ユキ姫
お前マジで死ね

285：花さん［グランドスルト所属］　2xx1／05／05
ニキどこ直したいん？
幽鬼《ゆうき》の魔窟《まくつ》周回に付き合ってくれるなら直すけど

286：アリカさん［ルゲーティアス所属］　2xx1／05／05
OK

●「1人の戦闘職プレイヤーが、市場で最新武器装備の試し切りを生産職プレイヤー「ブラディス」で始めたことを発端とする」
↓
「1人の近接アタッカーが、市場で最新武器装備の試し切りを秘儀導士「ブラディス」で始めたことを発端とする」

●「金目の物を落とす採集と生産職業プレイヤーを、戦闘職プレイヤー達が次々と狩る事態に発展。ほぼ全ての戦闘職プレイヤーがPKに手を染め、」
↓
「金目の素材を落とすと架空の嘘ドロップ情報が出回った秘儀導士のモンスターを、他のプレイヤー達が次々と狩る事態に発展。ほぼ全てのアタッカーがPKに手を染め、」

●「この殺戮《さつりく》は1週間続き、採集と生産職業プレイヤーがログインしなくなると、標的がヒーラーへと移り、度重なる都市内抗争に多くの引退者を出した」
↓
「この殺戮は1週間続き、秘儀導士と神鳥獣使いがログインしなくなると、標的が召魔術士へと移り、唯一武器が譲渡不可で戦えた白魔樹使い・宝珠導使いのヒーラーが裸タンクをゾンビ肉壁にし、PKアタッカー集団と抗戦。度重なる都市内抗争に多くの引退者を出した」

●「特に採集と生産職業に関しては、デスペナルティを無くした上、暗殺組織ギルドの無敵NPCへ自動的にPK行為をした者の暗殺依頼が舞い込む新要素を追加するなど、街の正常化を図った」

↓

「特に採集と生産のサブ職業中に関しては、デスペナルティを無くした上、暗殺組織ギルドの無敵NPCへ自動的にPK行為をした者の暗殺依頼が舞い込む新要素を追加したり、秘儀導士のテイムモンスター消滅要素を排除するなど、街の正常化を図った」

●「だが時既に遅く、当時最も陰惨《いんさん》な残虐映像（1人の生産職業プレイヤーを集団リンチで何度も殺害する映像）が」

↓

「だが時既に遅く、当時最も陰惨な残虐映像（1人の秘儀導士を素材ドロップしない腹いせに何度もリスキルする映像）が」

つかガチで「戦闘職プレイヤー」だの「採集と生産職業プレイヤー」って何だよ
全員メインは戦闘職だろうがッ！
生産に特化していてもメイン職業に設定出来ねぇだろ！
エアプ共が好き勝手捏造しやがってクソにもほどがあるわ!!

287：花さん［グランドスルト所属］　2xx1／05／05
あれ？　ホントに捏造になってるじゃん

288：ジョンさん［ネクロアイギス所属］　2xx1／05／05
このオンライン百科事典の顛末《てんまつ》書いた奴がプラネ触ったことがないんだろな

289：Skyダークさん［グランドスルト所属］　2xx1／05／05
召魔術士をヒーラーって認識している辺りCS8勢か？

290：カフェインさん［ルゲーティアス所属］　2xx1／05／05
そもそも秘儀導士がわからなかったと思われ

291：嶋乃さん［ネクロアイギス所属］　2xx1／05／05
神鳥獣使いもな
ヒーラーに数えてないし何と勘違いしてんだコレ

292：隻狼さん［グランドスルト所属］　2xx1／05／05

書いたのは古空8奴じゃなくてリュー戦奴じゃないか？
確かあれのギャザは鳥ペット連れてる
←こうか？
秘儀導士（素材落とすし何かの生産職業）
神鳥獣使い（鳥を連れているから園芸系の採集職業）

293：嶋乃さん［ネクロアイギス所属］ 2xx1／05／05
秘儀導士（素材落とすし何かの生産職業）←適当過ぎだろwwwwww

294：ジンさん［ルゲーティアス所属］ 2xx1／05／05
×秘儀導士（何かの生産職業）
×神鳥獣使い（園芸系の採集職業）
←
○秘儀導士（テイマー）
○神鳥獣使い（ヒーラー）
○召魔術士（サモナー）

295：猫丸さん［グランドスルト所属］ 2xx1／05／05

秘儀導士はガチで徒労と虚無感を抱えて引退したからな……
苦労してテイムして、苦労して育てたモンスターを、身体を張って苦労しても守り切れずに殺されて死体にされた
引退した奴はもう2度と戻ってこんぞ

296：ジンさん［ルゲーティアス所属］ 2xx1／05／05
三重苦ワロタ

297：嶋乃さん［ネクロアイギス所属］ 2xx1／05／05
テイムモンスターの素材ドロップって結局嘘だったんだよな？

298：くぅちゃんさん［ネクロアイギス所属］ 2xx1／05／05
何だ狩りたいのか

299：Airさん［ルゲーティアス所属］ 2xx1／05／05
ド畜生《ちくしょう》

300：嶋乃さん［ネクロアイギス所属］ 2xx1／05／05

この流れで秘儀導士のＰＫしたがってるわけねぇだろが！ｗ
いや神鳥獣使いが巻き込まれたのって何でかなって
実は鳥からドロップあって、秘儀導士が巻き込まれたとか？
当時ちょうど短期出張でいなかった時期なんだよなぁ

３０１：猫丸さん［グランドスルト所属］　２ｘ１／05／05
神鳥獣使いの鳥は魔力の塊《かたまり》設定なんでドロップなんてないで
完全に秘儀導士の虚構情報に巻き込まれた被害者や

３０２：くぅちゃんさん［ネクロアイギス所属］　２ｘ１／05／05
テイムモンスの誤解が鳥にまで及んだ件

３０３：ジンさん［ルゲーティアス所属］　２ｘ１／05／05
鳥類のモンスター連れていた奴は戦犯

３０４：カフェインさん［ルゲーティアス所属］　２ｘ１／05／05
とりあえず動物連れてるから殺しとけみたいな

305：嶋乃さん［ネクロアイギス所属］　2xx1／05／05
世紀末過ぎだろ……

306：隻狼さん［グランドスルト所属］　2xx1／05／05
神鳥獣使いは地雷職だが、それでも数の少ない貴重なヒラだった訳で
ペットロスならぬ鳥ロスでガチで全員引退したのは痛い
秘儀導士は所詮《しょせん》ソロ向けのアタッカー
同じ引退でも野良パーティーに与える影響力が違う
ホント当時のイキリ害悪アタッカー共をブチ殺したいわ

307：くぅちゃんさん［ネクロアイギス所属］　2xx1／05／05
正木？　なんで武器破壊でリアルな鳥の死体グラまで用意した？
現実でペット亡くしたトラウマ持ちだってゲームやってたんだぞ？
俺のフレは傷心を忘れたくてゲームやってたのに、死体グラ見せられてトラウマどころの騒ぎじゃなかったんだが？
今でも正木のあのサイコパスなこだわり部分だけはマジで許せねぇわ
俺のフレ返せよ　連絡すら取れなくなっちまったんだぞ

308：嶋乃さん［ネクロアイギス所属］　2xx1／05／05
うげ
ペット系ってそんなグロあるんかい

309：猫丸さん［グランドスルト所属］　2xx1／05／05
とっくに修正されたがな

310：隻狼さん［グランドスルト所属］　2xx1／05／05
今は壊れた（消耗した）表現は死体じゃなくて頭上に×マークが出るだけで、テイムモンスターも召喚獣も普段の元気な姿のまま変わらない
多分鳥も同じじゃないか？　詳しくは知らんが

311：Airさん［ルゲーティアス所属］　2xx1／05／05
神鳥獣使いは絶滅した
確認するすべがない

312：ジンさん［ルゲーティアス所属］　2xx1／05／05
いや絶滅してないしてないwww

313：嶋乃さん［ネクロアイギス所属］　2xx1／05／05
サブ職で死蔵している奴多分いるだろw
それに新規ちゃんが神鳥獣使いだったよな

314：陽炎さん［グランドスルト所属］　2xx1／05／05
!!

315：チョコさん［ネクロアイギス所属］　2xx1／05／05
?（｀・ω・´）

316：陽炎さん［グランドスルト所属］　2xx1／05／05
……_|￣|○

317：ルートさん［グランドスルト所属］　2xx1／05／05
イェーイ！　勝ったぜ！

318：嶋乃さん［ネクロアイギス所属］　2xx1／05／05

パーティー募集枠の取り合いか
お疲れ

319：ルートさん［グランドスルト所属］ 2xx1／05／05
イッてくるぜー！

320：嶋乃さん［ネクロアイギス所属］ 2xx1／05／05
いてら

321：花さん［グランドスルト所属］ 2xx1／05／05
ごめんニキ
編集制限くらって規制された
修正箇所が多いからかもしれないいん

322：アリカさん［ルゲーティアス所属］ 2xx1／05／05
\>\>花
試してくれてサンキュ
周回何時間でも付き合ってやるよ

323：ジョンさん［ネクロアイギス所属］　2xx1／05／05
義憤ニキカッケーw

324：ムササビXさん［ネクロアイギス所属］　2xx1／05／05
＞＞アリカニキ
ハイハイ！　俺も行きたいデス!!

325：アリカさん［ルゲーティアス所属］　2xx1／05／05
タンク誰かいないか？

326：ルシファーさん［ルゲーティアス所属］　2xx1／05／05
ネカマは死滅しろ

327：アリカさん［ルゲーティアス所属］　2xx1／05／05
いたのか直結
クソタンクに用はない

328：ルシファーさん［ルゲーティアス所属］　2xx1／05／05
男の癖に女キャラでヒーラーやるな気色悪い
ガチのカマかよ

329：カフェインさん［ルゲーティアス所属］　2xx1／05／05
相変わらずのキチ持論です

330：くぅちゃんさん［ネクロアイギス所属］　2xx1／05／05
ここに同じ思考の奴がいるぞ正木？

331：猫丸さん［グランドスルト所属］　2xx1／05／05
正木はショタも許容しとるやろがい！

332：影原さん［ルゲーティアス所属］　2xx1／05／05
しかしショタ以外の男ヒーラーは全否定なキャラクリ

333：猫丸さん［グランドスルト所属］　2xx1／05／05
みんな可愛い女キャラに回復される方がいいやろ？

334：隻狼さん［グランドスルト所属］ 2xx1／05／05
男がいい

335：影原さん［ルゲーティアス所属］ 2xx1／05／05
ホモォ

336：隻狼さん［グランドスルト所属］ 2xx1／05／05
男キャラでヒラもやらせてほしい
プラネは圧倒的にヒラが足りてないのに人種どころか性別適性のせいで転向すら出来ん

337：ルシファーさん［ルゲーティアス所属］ 2xx1／05／05
＞＞隻狼
キャラデリしてプラネを辞めろ

338：チョコさん［ネクロアイギス所属］ 2xx1／05／05
（・ω・）

339：Airさん［ルゲーティアス所属］　2xx1/05/05
＞＞ルシファー
お前が消えろよ直結ゴミ野郎

340：嶋乃さん［ネクロアイギス所属］　2xx1/05/05
これでも野良では貴重な優良（）タンク様

341：カフェインさん［ルゲーティアス所属］　2xx1/05/05
野良はゴミ箱か何か？

342：ジンさん［ルゲーティアス所属］　2xx1/05/05
やっぱ固定が最良なんだなって（遠い目

343：ルシファーさん［ルゲーティアス所属］　2xx1/05/05
俺は掲示板利用のキモブタ野郎は全員ブロックリストに入れてるからな
たとえ女が混じってたとしてもどうせロクな女じゃない

344：よもぎもちさん［ルゲーティアス所属］　2xx1/05/05

突然の自己主張に草

345：まかろにさん［グランドスルト所属］　2xx1／05／05
それは良かった
＞＞アリカさん
下手っぴだけど私がタンク出しますよ～

346：ルシファーさん［ルゲーティアス所属］　2xx1／05／05
まかろにさん！！！
俺まかろにさんは入れてないよ！！！！
＞＞アリカ
俺がタンクやってやる!!

347：チョコさん［ネクロアイギス所属］　2xx1／05／05
（｀・ω・´）

348：よもぎもちさん［ルゲーティアス所属］　2xx1／05／05
このガッツキようは草

……ドン引きだわ

349：アリカさん［ルゲーティアス所属］2xx1／05／05
>>直結野郎
気色悪いからBL入れるわ
>>まかろに
タンクよろしく
下手でも落とさんから安心しろ
採集時間も取るからな

350：まかろにさん［グランドスルト所属］2xx1／05／05
ありがとう

351：ソフィアさん［ネクロアイギス所属］2xx1／05／05
>>ルシファー
ざまああああwwwwwwwwwwwww

352：嶋乃さん［ネクロアイギス所属］2xx1／05／05

ニキがシャレ抜きでカッコイイ……
ちょっくら編集チャレンジしてくっかな
日にち分けて少しずつ修正すれば規制されないだろ

353：影原さん［ルゲーティアス所属］　2xx1／05／05
ここはホモしかいねーな

354：カフェインさん［ルゲーティアス所属］　2xx1／05／05
まかろにはレズだゾ

355：影原さん［ルゲーティアス所属］　2xx1／05／05
百合は大変よろしいんじゃないでしょうか！

356：ジンさん［ルゲーティアス所属］　2xx1／05／05
誰だよwww

357：Airさん［ルゲーティアス所属］　2xx1／05／05
しかし今更なんでプラネの百科事典を正すんだ

手遅れだろうに

358：嶋乃さん［ネクロアイギス所属］　2xx1／05／05
そりゃ新規が入ったからだろ
これからもプラネを検索する新規が出てくる可能性が出てきたんで、ニキは誤解を招く記事を直そうという義憤に駆られたと思われる

359：ジョンさん［ネクロアイギス所属］　2xx1／05／05
さす義憤ニキ

360：ユキ姫さん［ネクロアイギス所属］　2xx1／05／05
義憤義憤ウザいよ？？？

361：隻狼さん［グランドスルト所属］　2xx1／05／05
俺も規制されてるわ　義憤ニキと回線同じだったか
＞＞嶋乃
正木の項目にあったこれも修正追加で
「多くのユーザーが離れ、ベータ期間のままサービスが終了した」

←

「多くのユーザーが離れ、ベータ期間のまま長く続いている」

362：陽炎さん［グランドスルト所属］　2xx1／05／05

!?

363：カフェインさん［ルゲーティアス所属］　2xx1／05／05

サービスが終了……だと……？

364：嶋乃さん［ネクロアイギス所属］　2xx1／05／05

えっ

何だこれ酷くね

365：隻狼さん［グランドスルト所属］　2xx1／05／05

俺もこの一文見つけて目を疑った
ブラディス事件があったといっても1年も前のことで噂も下火
風化してんのに新規ゼロって今の状況はおかしいとは思ってたんだよ

366：くぅちゃんさん［ネクロアイギス所属］　2xx1／05／05
この捏造文言は悪質過ぎないか
正木は営業妨害で訴えるべき

367：嶋乃さん［ネクロアイギス所属］　2xx1／05／05
むしろこれでよく新規ちゃんは新規登録したよな

368：ジンさん［ルゲーティアス所属］　2xx1／05／05
奇跡じゃよ……

369：猫丸さん［グランドスルト所属］　2xx1／05／05
この百科事典見てないだけやで

370：隻狼さん［グランドスルト所属］　2xx1／05／05
書いた奴は間違いなく他ゲーの工作員
正木アンチの直帰信者と見た

371：嶋乃さん［ネクロアイギス所属］　2xx1／05／05

直帰のプロデューサー本人だったりしてｗｗｗ

３７２：Ａｉｒさん［ルゲーティアス所属］　2xx1／05／05
ゲームショウの素人の煽りをいつまで根に持ってんだよあのゴリラ

３７３：ユキ姫さん［ネクロアイギス所属］　2xx1／05／05
こんな個人製作ゲーを大手が気にしてる訳ないってのｗｗｗｗ
誇大妄想乙だよ？？？

３７４：隻狼さん［グランドスルト所属］　2xx1／05／05
煽りって言うけど「リザルト：リターン」引退する奴は、結局正木が2年前に否定した課金ガチャで運営に不信感を持って辞めてる
俺も課金ガチャで最強装備配るって方針は頭おかしいと思う

３７５：嶋乃さん［ネクロアイギス所属］　2xx1／05／05
直帰ってそんなことしてんのか

３７６：カフェインさん［ルゲーティアス所属］　2xx1／05／05

正木「ゲームで遊ばず課金してゲーム内最前線の装備を手に入れるのって、何が楽しいんですか？」
→ただの正論である

377：ジンさん［ルゲーティアス所属］　2xx1／05／05
大正義マサキ

378：くぅちゃんさん［ネクロアイギス所属］　2xx1／05／05
課金の最強装備否定派なところは好きだぞ正木？

379：Skyダークさん［グランドスルト所属］　2xx1／05／05
やっぱ鳥は地雷だな、地雷募集晒しとくわ
>>SS
ワンチャン動き次第で何とかなるかと思ったんだが、まともな立ち回りすら知らなそうなタンクで時間の無駄だったたんで抜けてきた
クリア出来るかよハゲ

380：猫丸さん［グランドスルト所属］　2xx1／05／05

だだだだ誰がハゲやねん！

381：ジンさん［ルゲーティアス所属］ 2xx1／05／05
話題の新規じゃん
って気のせいじゃ無ければ、新規ちゃんが2人おりゅ……？

382：猫丸さん［グランドスルト所属］ 2xx1／05／05
おりゅな

383：カフェインさん［ルゲーティアス所属］ 2xx1／05／05
タンク初期装備っぽいがさてはて

384：ユキ姫さん［ネクロアイギス所属］ 2xx1／05／05
まさか！
誰かのサブじゃ⁇

385：Skyダークさん［グランドスルト所属］ 2xx1／05／05
完全に新規初心者の言動だった

386：猫丸さん［グランドスルト所属］　2xx1／05／05
エエエェェエエ⁉
新規2人目って一周忌にどんな奇跡起こってんだ⁉
正木マジで今日死ぬんか⁉⁉

387：陽炎さん［グランドスルト所属］　2xx1／05／05
＿|￣|○

388：ジンさん［ルゲーティアス所属］　2xx1／05／05
→席取り敗北者

389：Airさん［ルゲーティアス所属］　2xx1／05／05
幻樹ダンジョンクエの発生条件って1万Gの所持金だろ
よく今日始めたばかりの新規がそんな金持ってたな
誰か貢《みつ》いだか

390：嶋乃さん［ネクロアイギス所属］　2xx1／05／05

>>Ｓｋｙダーク
抜けたってひでぇ
新規には優しくしてやれよ

３９１：Ｓｋｙダークさん［グランドスルト所属］　２ｘｘ１／05／05
いや時間の無駄
パーティー入ったら、ＬＶ１がヒラだけじゃなくてタンクもって詰んでる

３９２：猫丸さん［グランドスルト所属］　２ｘｘ１／05／05
お前のレベルでゴリ押せるやろ

３９３：Ｓｋｙダークさん［グランドスルト所属］　２ｘｘ１／05／05
は？　幻樹ダンジョンは組んでるパーティーの最大レベルに対応した高レベルの敵が配置されるんだよ
ＬＶ50タンクがいないでアタッカーだけで進める訳ねぇだろ
知ったかは黙ってろよ

３９４：嶋乃さん［ネクロアイギス所属］　２ｘｘ１／05／05

レベル変動制のやつだっけか
むしろ何で高レベルのアタッカーがクエ主に蹴られなかったのか謎

395：ジョンさん［ネクロアイギス所属］　2xx1／05／05
新規ちゃん達知らないんだろうな
LV50のアタッカー共がいると、敵がLV55以上になるって（、・ω・´）
「レベル変動制・LV1幻樹ダンジョン」ってネーミングは誤解を生む
表記のLVはダンジョン難易度じゃない……クエ主のLVを表記しているだけで何の指標にもならないんだぜ

396：猫丸さん［グランドスルト所属］　2xx1／05／05
いっそのこと紛らわしいLV表記消せや正木!!

397：よもぎもちさん［ルゲーティアス所属］　2xx1／05／05
結局古参が新規のクエ荒らしに行っただけなの草

398：Skyダークさん［グランドスルト所属］　2xx1／05／05
金が欲しかった

399：嶋乃さん［ネクロアイギス所属］　2xx1／05／05
報酬そんなうまかったっけ

400：Skyダークさん［グランドスルト所属］　2xx1／05／05
10万G

401：ソフィアさん［ネクロアイギス所属］　2xx1／05／05
ショボwwwww
……いや？

402：ジョンさん［ネクロアイギス所属］　2xx1／05／05
速攻で首をひねるなし

403：嶋乃さん［ネクロアイギス所属］　2xx1／05／05
結構デカいな10万は

404：隻狼さん［グランドスルト所属］　2xx1／05／05

その幻樹クエって、確か低レベだけで行くともっとうまかった気が

405：影原さん［ルゲーティアス所属］　2xx1／05／05
アーッ！　思い出した！
ベータ初期に神鳥獣使いが募集しまくってたクエか！

406：猫丸さん［グランドスルト所属］　2xx1／05／05
いや神鳥獣以外も普通に募集してたやろ

407：嶋乃さん［ネクロアイギス所属］　2xx1／05／05
俺もなんか神鳥獣使いの印象が強い
神鳥獣使いの募集が必ずLV9以下指定だった気がするからそのせいかも

408：影原さん［ルゲーティアス所属］　2xx1／05／05
神鳥獣使いのロリっ子に、レベル高いって理由で問答無用にパーティーから蹴られた記憶

409：ユキ姫さん［ネクロアイギス所属］　2xx1／05／05
地雷鳥のくせにがめついね？？？

410：隻狼さん［グランドスルト所属］　2xx1／05／05
店主ブログ確認してきた
LV9以下クリアは20万Gだった

411：チョコさん［ネクロアイギス所属］　2xx1／05／05
20万！（｀・ω・´）

412：Skyダークさん［グランドスルト所属］　2xx1／05／05
＞＞チョコ
お前珍しく喋ったな

413：猫丸さん［グランドスルト所属］　2xx1／05／05
それってLV1のタンクとヒーラーでもやれんのか？

414：隻狼さん［グランドスルト所属］　2xx1／05／05
さすがにLV1は不可能
沈黙床があるから沈黙耐性必須、攻撃バフも無いと敵も倒せない

ヒラは最低LV3は欲しいってさ（店主ブログ）

415：ジョンさん［ネクロアイギス所属］　2xx1／05／05
新規ちゃん……(´・ω・`)

416：チョコさん［ネクロアイギス所属］　2xx1／05／05
(´・ω・`)

417：猫丸さん［グランドスルト所属］　2xx1／05／05
高レベアタッカー共がおらんでもクリアは不可能か

418：ルートさん［グランドスルト所属］　2xx1／05／05
チィース！
無言抜けSkyダーク先輩オッスオス！

419：Skyダークさん［グランドスルト所属］　2xx1／05／05
うぜ

420：ジョンさん［ネクロアイギス所属］　2xx1/05/05
は？　無言抜けしたのお前

421：Skyダークさん［グランドスルト所属］　2xx1/05/05
うるせぇな
予習もしねぇクズに新規も古参もねぇんだよ

422：ジョンさん［ネクロアイギス所属］　2xx1/05/05
抜ける時に一言ぐらい言えよ

423：カフェインさん［ルゲーティアス所属］　2xx1/05/05
そこは古き作法にのっとってフレに呼ばれてどうぞ

424：嶋乃さん［ネクロアイギス所属］　2xx1/05/05
冷静に考えると「フレに呼ばれて」って抜け方おかしいよな
「だからどうした」って真顔でバッサリ言い返したい

425：猫丸さん［グランドスルト所属］　2xx1/05/05

>>ルート
ってかお前も戻ってくるの早いやん
結局新規ちゃんはクエをリタイアしたんか？

426：ルートさん［グランドスルト所属］　2xx1／05／05
その怖い話する？

427：Airさん［ルゲーティアス所属］　2xx1／05／05
は？

428：陽炎さん［グランドスルト所属］　2xx1／05／05
エッ

429：チョコさん［ネクロアイギス所属］　2xx1／05／05
？（　・ω・　）

430：ジンさん［ルゲーティアス所属］　2xx1／05／05
ハイ？

431：ルートさん［グランドスルト所属］　2xx1／05／05
実はSkyダークパイセンが無言抜けしやがった後、穴埋めのフレ呼ぶってなった訳よ
オレはクリア無理でも最後まで付き合うぜってノリだったんで

432：嶋乃さん［ネクロアイギス所属］　2xx1／05／05
やっぱフレを呼ぶのって抜けられたパーティーの方だよなw

433：ソフィアさん［ネクロアイギス所属］　2xx1／05／05
wwwwwwwwwww

434：ルートさん［グランドスルト所属］　2xx1／05／05
で、オレがフレを呼ぼうとしたら新規ちゃんが何故か断ってきたわけ
自分が呼ぶってさ
オレはとっさに疑問に思ったね
新規ちゃん、今日始めたのにタンクの他にもフレがいるのって変じゃないか……？　ってな

435：ジンさん［ルゲーティアス所属］　2xx1／05／05

怪談口調ワロタ

436：Ａｉｒさん［ルゲーティアス所属］　2xx1／05／05
微妙に本格的な語りやめろや

437：猫丸さん［グランドスルト所属］　2xx1／05／05
長い、三行で

438：ルートさん［グランドスルト所属］　2xx1／05／05
そして新規ちゃんがフレを呼んだ
埋まるパーティー欄
そこに表示された名前は――

439：猫丸さん［グランドスルト所属］　2xx1／05／05
いや三行でとは言ったけど、さっさと結論を言えってことやぞ

440：Ｓｋｙダークさん［グランドスルト所属］　2xx1／05／05
＞＞ルート

ここはゴミの日記帳じゃねぇんだよ

441：ルートさん［グランドスルト所属］　2xx1／05／05
覇王だった
オレは光の速さで物理的に回線を切って逃げた

442：隻狼さん［グランドスルト所属］　2xx1／05／05
……え？

443：陽炎さん［グランドスルト所属］　2xx1／05／05
!?！

444：嶋乃さん［ネクロアイギス所属］　2xx1／05／05
えええ!?

445：ジンさん［ルゲーティアス所属］　2xx1／05／05
覇王!?

４４６：Ａｉｒさん　［ルゲーティアス所属］　２ｘｘ１／05／05
本当かそれ⁉

４４７：カフェインさん　［ルゲーティアス所属］　２ｘｘ１／05／05
証拠‼　ソース！！！

４４８：猫丸さん　［グランドスルト所属］　２ｘｘ１／05／05
はよ証拠出せゴラァッ‼

４４９：クロにゃんさん　［ネクロアイギス所属］　２ｘｘ１／05／05
ほいっ！　覇王と愉快な新規２人のスリーショット！
撮れたてスクショよー
＞＞ＳＳ（近隣の果樹林入り口の３人）

４５０：ジョンさん　［ネクロアイギス所属］　２ｘｘ１／05／05
（ﾟдﾟ）

４５１：猫丸さん　［グランドスルト所属］　２ｘｘ１／05／05

なんで当事者じゃねぇ奴が証拠出すんじゃい！！！！

別にいいがな！！！！！

452：ソフィアさん［ネクロアイギス所属］ 2xx1／05／05
ペンギンンンンンンンンンンンン！！！！！！！！！！！

453：ジンさん［ルゲーティアス所属］ 2xx1／05／05
盗撮やめろォ！（ナイスゥ！）

454：嶋乃さん［ネクロアイギス所属］ 2xx1／05／05
うおっ……マジだ
しかもこれ、綺麗な頃の覇王の姿じゃね

455：カフェインさん［ルゲーティアス所属］ 2xx1／05／05
綺麗な頃ってソレ、投獄前のただのライト勢ヒーラーちゃんだからして

456：隻狼さん［グランドスルト所属］ 2xx1／05／05
ライト勢って人種性別適性を無視して職業選ぶよな

それで普通にレイド入ってくるから凄い

457：ジンさん［ルゲーティアス所属］　2xx1／05／05
×綺麗な頃の覇王
○暗黒面（PKK）に墜ちる前の覇王

458：ソフィアさん［ネクロアイギス所属］　2xx1／05／05
コウテイペンギンかわいいいいいいいいいいいいいいいいい！！！！！！！！！！！！！！！！！！！！！

459：猫丸さん［グランドスルト所属］　2xx1／05／05
覇王って元・神鳥獣使いだったんか
元ネクロ民でルゲーティアスに都落ちのパライソ勢なんやな

460：カフェインさん［ルゲーティアス所属］　2xx1／05／05
深刻なペットロス被害者です

461：嶋乃さん［ネクロアイギス所属］　2xx1／05／05
引退せずに復讐に走った代表なわけだ

当時の馬鹿PK集団はとんでもない世紀末覇者を生み出してくれたもんだぜ

462：ソフィアさん［ネクロアイギス所属］　2xx1/05/05
ペンギンいいなあああ！！！！　欲しいいいいいい！！！！！

463：猫丸さん［グランドスルト所属］　2xx1/05/05
欲しいならサブ職1つ空けて神鳥獣使いになってこいや

464：Airさん［ルゲーティアス所属］　2xx1/05/05
普通ゲームのペンギン殺されたぐらいで1年中毎日フィールド徘徊して辻斬りし続けるか……？
プラネに粘着して異常だろ覇王

465：カフェインさん［ルゲーティアス所属］　2xx1/05/05
辻斬り関係なく、1日中ログインしているのがそもそも異常なんですがそれは

466：嶋乃さん［ネクロアイギス所属］　2xx1/05/05
引退勢もだけど、鳥やテイムモンスに思い入れが強い奴って
逆に現実で動物に触れ合う機会がない奴だって昔推測されてたのを見たな

467：隻狼さん［グランドスルト所属］2xx1／05／05
覇王のリアルに関しては
1．寝たきり説
2．AIbot説
3．ロボット説
4．実は正木洋介説
好きなのを選べ

468：チョコさん［ネクロアイギス所属］2xx1／05／05
プラネにこだわる覇王さんの気持ちわからなくもない
視力が弱い人なんじゃないかって勝手に推測して親近感持ってる
度合いにもよるけど、色弱だと他のゲームは見えにくくて遊べないことが多いからプラネだけが
チョコの居場所（´・ω・｀）

469：Skyダークさん［グランドスルト所属］2xx1／05／05
＞＞チョコ
お前今日は無茶苦茶喋るんだな　そういう日か

470：マウストゥ☆さん［グランドスルト所属］ 2xx1／05／05
俺は色弱な上に乱視だw
疑似細胞信号電波音って技術凄いよな
みんなと同じ色と景色が見えるんだもんよ
この視力を手放すなんて考えられないんで過疎ってもプラネから離れられんわ

471：猫丸さん［グランドスルト所属］ 2xx1／05／05
他ゲーって何で疑似細胞うんぬんを使わないんだ？

472：隻狼さん［グランドスルト所属］ 2xx1／05／05
脳に悪影響だとか無根拠の癖にウルサイ団体がいるから
おかげで大手がかかわらず日本のゲーム企業は使わない方針を貫いてる

473：カフェインさん［ルゲーティアス所属］ 2xx1／05／05
正木はインディーズだからね
個人製作は気楽なもんです

474：ジンさん［ルゲーティアス所属］　2xx1／05／05
電波が脳に悪いって主張する奴らは電話もテレビもネットも使うな（極論）

475：隻狼さん［グランドスルト所属］　2xx1／05／05
外国人がプラネやりたがる理由がまさに疑似細胞信号電波音
海外でも疑似細胞信号電波音を採用しているゲームはまだ少ない
外国人、色弱が多いらしいからな

476：カフェインさん［ルゲーティアス所属］　2xx1／05／05
海外大手ゲーム会社がプラネの翻訳《ほんやく》兼運営してくれるって熱烈なオファーメールを、英語が読めなかったからってゴミ箱に入れた正木のエピソードは伝説

477：ジョンさん［ネクロアイギス所属］　2xx1／05／05
メール開いたPCで翻訳一瞬だろうに（´・ω・`）

478：嶋乃さん［ネクロアイギス所属］　2xx1／05／05
英語見て無条件にスパムと勘違いする気持ちはわかる

479：猫丸さん［グランドスルト所属］　2xx1／05／05
しかし辻斬りに命かけてる覇王とフレンドになんてどうやったらなれるんや
不可解すぎて気になるわ
いくら新規でも自分を殺しに近付いてくる奴にフレンドリーに話しかけんやろ

480：嶋乃さん［ネクロアイギス所属］　2xx1／05／05
神鳥獣使いの新規だったんで、親しみを覚えて覇王から挨拶をした？

481：チョコさん［ネクロアイギス所属］　2xx1／05／05
（｀・ω・´）

482：カフェインさん［ルゲーティアス所属］　2xx1／05／05
覇王にまだそんな人の心が残ってるんですかね……

483：隻狼さん［グランドスルト所属］　2xx1／05／05
普通にリア友なのでは

484：陽炎さん［グランドスルト所属］　2xx1／05／05

！

485：猫丸さん［グランドスルト所属］ 2xx1／05／05
多分正解はそれなんやろな

486：くぅちゃんさん［ネクロアイギス所属］ 2xx1／05／05
新規ちゃん……いや新規様……？

487：Airさん［ルゲーティアス所属］ 2xx1／05／05
覇王の身内かよ
怖い新規だな

488：NPCさん［ルゲーティアス所属］ 2xx1／05／05
残念^^
ツカサきゅんとのフレンドは諦めるよ^^

489：嶋乃さん［ネクロアイギス所属］ 2xx1／05／05
いたのか変質者

490：Ｓｋｙダークさん［グランドスルト所属］　２ｘｘ１／05／05
さっきのパーティー
俺は抜けたかったから抜けたわけじゃない
クリア出来ないから抜けざるをえなかっただけなんで

491：猫丸さん［グランドスルト所属］　２ｘｘ１／05／05
おいｗ
手のひら返して謝罪始めんなやｗｗｗ

492：ルートさん［グランドスルト所属］　２ｘｘ１／05／05
オレも覇王に斬られたばっかだったんで、つい条件反射で回線切りしてしまったんだぜ！
本当すんませんでしたァー!!

493：ジンさん［ルゲーティアス所属］　２ｘｘ１／05／05
突然の謝罪会見会場

494：嶋乃さん［ネクロアイギス所属］　２ｘｘ１／05／05

ここで謝っても意味なくね

495：隻狼さん「グランドスルト所属」　2xx1／05／05
いや、書き込まないだけで覇王チェックしてる疑惑ある

496：嶋乃さん「ネクロアイギス所属」　2xx1／05／05
そういや取り逃げ野郎が不自然な出待ちで狩られてたなw

497：猫丸さん「グランドスルト所属」　2xx1／05／05
結局幻樹ダンジョンはリタイアしたんやろうか

498：嶋乃さん「ネクロアイギス所属」　2xx1／05／05
覇王がいるならあるいは……？

499：猫丸さん「グランドスルト所属」　2xx1／05／05
覇王のプレイヤースキルたっかいもんなぁ
1人でヘイト維持したまま敵の攻撃避けて無双しそうやな
タンクいらんアタッカーとか存在が卑怯《ひきょう》だわ

さすがPVP勢の裏トップやで

500：嶋乃さん［ネクロアイギス所属］　2xx1／05／05
裏トップは聖人だと思ってた

501：猫丸さん［グランドスルト所属］　2xx1／05／05
じゃあアウトロートップやな

502：影原さん［ルゲーティアス所属］　2xx1／05／05
聖人？

503：隻狼さん［グランドスルト所属］　2xx1／05／05
暗殺組織「ネクロラトリーガーディアン」ギルド長＝聖人

504：カフェインさん［ルゲーティアス所属］　2xx1／05／05
暗殺集団の頭目が聖人とは言い得て妙

505：猫丸さん［グランドスルト所属］　2xx1／05／05

慎《つつ》ましいプレイスタイルがまさしく聖人やからなw
真似は出来んし絶対したくないわwww

506：嶋乃さん［ネクロアイギス所属］ 2xx1／05／05
暗殺組織ギルドは最新最前線コンテンツ攻略立ち入り不可なんだっけか
ロールプレイで昼間は目立っちゃいけない設定とか何とか
他プレイヤーに正体バレないように、目立たず大人しくレア装備着用なんてもってのほかな節制
隠密《おんみつ》プレイが強制という

507：カフェインさん［ルゲーティアス所属］ 2xx1／05／05
必殺仕◯人ロールプレイ
昼は一般ライト勢、夜は運営の依頼で警告持ちプレイヤーの暗殺者

508：隻狼さん［グランドスルト所属］ 2xx1／05／05
噂によると忙しい社会人には優しいコンテンツらしい
救済措置があるそうだし独自のアジトとフィールドもストーリーもある
ただし撮影不可、内部情報の暴露《ばくろ》で垢停、社交的コミュ力必須

509：ジンさん［ルゲーティアス所属］　2xx1／05／05
社交的コミュ力必須↑この難易度高過ぎィ！；；

510：Airさん［ルゲーティアス所属］　2xx1／05／05
MMOにプレイヤースキルもクソもあるか？
覇王も聖人も、単に強い装備とスキル補正だろ

511：マウストゥ☆さん［グランドスルト所属］　2xx1／05／05
いやどのゲームにもあるっての
例えば有名なバ◯オとか、ナイフクリア可能なゲームデザインになってるが、誰もがナイフクリア出来るかっていうと出来んだろ？　それと一緒
事実アクション性高いプラネでマゾソロ廃人の陸奥が、数パーティーで倒すレイドボスのソロ討伐達成して証明してんだろ
ちな俺はゲーム反射神経死んでるんで、どのゲームもクラフトばっかやってるわ
プラネはクラフトでもプレイヤースキル要求してくるけどなw

512：ソフィアさん［ネクロアイギス所属］　2xx1／05／05
ペンギン出なかったwwwwww

でも色合い似てて超絶可愛いｗｗｗｗｗｗｗｗ
＞＞ＳＳ

５１３：嶋乃さん［ネクロアイギス所属］　２ｘｘ１／05／05
桜文鳥じゃん、かわいいな
当たりアカウントおめ

５１４：猫丸さん［グランドスルト所属］　２ｘｘ１／05／05
鳥に当たり外れがあるんか

５１５：ジンさん［ルゲーティアス所属］　２ｘｘ１／05／05
ランダム（嘘）
実はアカウント取得の時点で出る鳥の種類が固定されてるのは有名
しかも色が良い小鳥系統はマジで出ない
大体茶色か黒一色

５１６：マウストゥ☆さん［グランドスルト所属］　２ｘｘ１／05／05
昔クジャク連れているフレがいて邪魔くさかったんで鳥リセマラしてこいって言っちまったけど、

あいつリセマラしてもクジャク系のデカ鳥しか出せなかったんだな……
　悪いこと言ったわ
　あと全体的に茶色だったからハズレ鳥

517：嶋乃さん［ネクロアイギス所属］　2xx1／05／05
鬼かよお前

518：ジョンさん［ネクロアイギス所属］　2xx1／05／05
待て待て待て待て神鳥獣で何の職業消しました⁉
私にギルド長権限来てn

519：猫丸さん［グランドスルト所属］　2xx1／05／05
ん……？

520：カフェインさん［ルゲーティアス所属］　2xx1／05／05
ギルド長……権限……？

521：陽炎さん［グランドスルト所属］　2xx1／05／05

エッ⁉

522：ルートさん［グランドスルト所属］　2xx1／05／05
ちょ⁉

523：隻狼さん［グランドスルト所属］　2xx1／05／05
＞＞ソフィア　＞＞ジョン
今すぐ出頭して内部情報ゲロれ

524：マウストゥ☆さん［グランドスルト所属］　2xx1／05／05
せめて日付わけてくれ
たった1日で異常にプラネの事態が動きすぎて気持ち悪くなってきたわ

525：カフェインさん［ルゲーティアス所属］　2xx1／05／05
いつも罵《のの》り合ってた犬猿タンクとアタッカーの会話そのものがフェイク……だった……だと⁉

526：嶋乃さん［ネクロアイギス所属］　2xx1／05／05
常に草はやして「ざまあwwwwwwwwww」とか言ってた種人幼女の正体が衝撃的過ぎる

527：ジンさん［ルゲーティアス所属］2xx1／05／05
あいつら掲示板でもロールプレイしてたのか……（戦慄《せんりつ》）

528：影原さん［ルゲーティアス所属］2xx1／05／05
??
すまん話についていけん
幼女がどうしたって？

529：隻狼さん［グランドスルト所属］2xx1／05／05
ソフィア＝聖人
ジョン＝聖人弟子（暗殺幹部）

530：影原さん［ルゲーティアス所属］2xx1／05／05
うおっマジか!?

531：嶋乃さん［ネクロアイギス所属］2xx1／05／05
聖人&弟子

正体知られてもうここには戻ってこれんだろこれw

第9話　初めての町への遠出と公式サイトの再始動

5月6日、ゴールデンウィーク連休最終日。征司は朝から郵便局の前に来ていた。

昨日はゲームをログアウトした後、再ログインはせずに勉強をしている。主に小論文を中心にした受験勉強だ。

そして今日も、昨日と同じように朝と昼にゲームをして、夜に勉強するという休日を過ごそうと思っていたのだが、滋に誘われて町の衣料品チェーン店に行くことになった。

町に行くなんて、今までなら誘われても断っていただろう。しかし、此度《こたび》の滋の誘い文句はとても魅力的に聞こえた。

『征司君、VRマナ・トルマリンのコード付きコラボTシャツ買いに行きません？』

触れてまだたった1日しか経っていないというのに、征司はすっかりVR機器を重視した考えでこれまでの日常を変えつつあった。

そんな征司が町に行くことに対して母は喜び「ゲーム重視のVRを買ったかいがあったわ。好きなもの買ってらっしゃい」と2万円も渡されて戸惑う。VR機器はネット通信高校用に買ってくれたはずなのだが、どうも両親にとっては、征司が村の外に関心を向けるきっかけ作りに役立つことの方が重要なようだ。

現在、征司の隣では小学2年生で同級生の女の子、北條《ほうじょう》カナが腕組みをしてチラシをじっと見つめている。Tシャツの上にジャンパースカート、その下はタイツにブーツ。両耳の上におだんごを作った髪型で、いつもより彼女の服装はおしゃれだ。

そしてカナは神妙に征司に言うのだ。

「セイちゃんは服屋さん、はじめてだよね。わからないことがあったら私に聞いてね」

「うん」

「チラシだとね、とってもかわいかったりカッコイイ服ばっかりなの。でもお店にいくとね、ぜんぜん色がちがうの」

「えっ、そうなんだ……」

「そうなの。だからセイちゃんもガッカリしちゃだめだよ」

カナはたまに町へと服を買いに行く。両親が買ってきたものを着ているだけで、今日も適当な長袖のシャツにジーンズの征司とは違うのだ。いわば服の先輩であるカナに神妙に頷いた。

すると隣のコンビニから、ヨレヨレのシャツと高級そうなジャージにサンダルという、ゆるっとした格好の滋が出てきて、微かに肩を震わせながら2人の傍へやってきた。

「2人ともかわいい会話でなごむなぁ。おはよう」

「おはようございます、サトちゃん」

「滋さん、おはようございます」

カナは滋を名字の〝里見〟の方で呼ぶ。親しくないという訳ではなく、理由は単純に〝シゲちゃん〟より〝サトちゃん〟の方が響きが可愛いからである。

礼儀正しく頭を下げる征司とカナに、滋は多少ばつが悪そうに苦笑した。

「待たせちゃってごめんね」

「よふかしはだめだよ、サトちゃん。よふかしはコワいんだから」

カナが腰に手を当てて力説する。「ハイ、反省シテマス」と目を泳がせて滋は答えた。

カナは征司から見てもしっかりしている女の子で、だらしないところがある滋は、カナに頭が上がらないという力関係だ。


郵便局の小さなマイクロバスが動き出し、征司達の前まで徐行して停まった。運転手をしているアンドロイドの『宮本サン』が3人に乗るように促す。今日の乗客はどうやら征司達だけらしい。

各々好きな場所に座る。カナは滋の背後の席から滋のタブレットを覗き込み、「おんがくー」と好きな曲の動画再生をねだっていた。

町まで2時間半もある。マイクロバスにもテレビが備え付けられており、ニュース番組が流されていた。

征司は物珍しくてキョロキョロと車内を見渡す。何だかそわそわしてしまうというか、落ち着かない。

とりあえず、滋とカナと話せるように通路を挟んだ向かいの席に座った。滋の眼鏡がVRマナ・トルマリンだと知っている征司は、滋の目の動きで何かをしているのに気付く。

「滋さん、ゲームしていて酔わないんですか？」

「うんにゃ、今はゲームはお預けで動画編集中。もち、酔い止めは事前に飲みました。征司君はVR持ってこなかったんだ？　2時間半は長いぞー」

「家からVRを持ち出そうとは思わなくて」

「征司君が持ってるやつがゴーグルの没入型の方なら絶対酔わんよ。こういう移動時間に最適」

「そうなんですか!?」

「だからストアで電子書籍や映画買ってホームで見てたら2時間なんて、あっという間」

カナが「よわないいんだぁ」と目を丸くしていた。

「私もほしい」

「誕生日かサンタにでも頼んでみては？」

「サトちゃん、サンタさんはお洋服しか出せないんだよ。たんじょうびはね、ハムスターをもらうの」

「ほ、ほう。なるほど？」

タブレットから、不思議でどこか郷愁《きょうしゅう》を誘う荘厳《そうごん》な音楽が流れている。宮本サンが『話題の『コントロール・ノスタルジック』ですか』と反応した。

しかし「話題」と言われた瞬間、滋の眉間に皺が寄る。運転席の宮本サンは気にせず話し出した。

『活動休止なんて残念でしたね。やはり年末生放送の失敗の影響が大きかったんでしょう』

「えあきーぼーど！」

「やめいっ。いくらカナちゃんでも、俺そのいじりは耐えられないんでブチキレるよ！」

『ボーカルの松奈ミルカはソロ活動を続けるそうですね』

「ソウデスネェ。そこらの歌手っぽくなって、みなさんびっくりすればイイんじゃないかな」

嫌味っぽく滋が言葉を吐き捨てる。

宮本サンは聞き返した。

『『コントロール・ノスタルジック』の作曲家は、雨no歌という方でしたよね？　松奈ミルカ単体には曲を作らない契約なんですか？』

「契約ってか、黒原いないでどう――……まぁ、そのうちわかるよ。知らぬは黒原切った事務所と黒原叩いて炎上させた盲目《もうもく》的な松奈ファンだけ」

「滋さんは『コントロール・ノスタルジック』のファンだったんですか？」

白熱する会話に、征司も参加する。滋が何やら世間で話題の休止したバンドにとても詳しい。

「まぁ、古参ファンというか、昔ちょっと顔見知りだったんで気にしていた程度というか。元々バーチャル動画でデビューのバンドなんだよ。初期に実況者のネットラジオで絡んだことあってさ。それでメジャーになった後も何だかんだで活動追ってたんだ。だから今回の件で事務所アンチになりました、まる」

「えっと、休止のニュース以前に『コントロール・ノスタルジック』に何かあったんですか？」

「セイちゃん、音楽バングミ見ないもんね」

『そもそも昨年の年末生放送の歌番組で『コントロール・ノスタルジック』のキーボードの黒原イズミが、キーボードを弾いていないのが発覚した騒ぎがあったんです。配線が抜けていたトラブルがあって、なのに通常通り演奏曲が流れた映像が生中継されて炎上しました。その話題を受けての今回の休止宣言だったんですよ。今は所属事務所が黒原イズミを解雇したという噂まで芸能ニュースで取沙汰《とりざた》されていますね』

「そんなことが……」

滋は眉間に皺を寄せて腕を組み、不機嫌もあらわに呟いた。

「……松奈にはがっかりだ。無理にやらせておいて最後は庇《かば》わないなんて、どこが親友なんだか」

湿っぽく寂しげな響きの語尾でそう滋は締めくくると、今度はガバッと勢いよく顔を両手で覆《おお》ってジタバタする。

「ぐあーっ！　恥ずかしいっ、何語ってんの⁉　駄目だ俺、ネットぼっち過ぎて色々こじらせてるー……‼」

「サトちゃんはひとりぼっちじゃないよ。私とセイちゃんが友達だもん。ね、セイちゃん！」

「うん」

「……そうだった。カナちゃんと征司君というリア友が俺にはいるんでした！」

「ヘンなサトちゃん」

おかしそうにカナが笑い飛ばす。征司も一緒に笑いながらも、滋は若くてもやはり世捨て人なんだなぁと心の片隅で思った。

滋は山村で育ったカナや征司とは違う。外からの移住者で、それもまだ2年ほどの新参者なのだ。そんな滋は、ここに来るまでの人間関係を無いものとしているようだった。


2時間半の道のりを、征司は基本的に窓の外の景色を見て過ごした。初めて山村から離れて見る山の風景は意外と新鮮である。1車線の道路は真っ直ぐ町まで続いているものではなく、ぐるぐると山の周りを回り、下ったり上がったりを何度か繰り返し、トンネルも通って橋を渡り、やっと町までの本道とされる大きな2車線の道路にたどり着く。しかもまだそこも山の道半ば。どうして町まで時間がかかるのか、よくわかる道路環境だった。


町に入ると先に郵便局へと回り、本日分の郵便物のやり取りを宮本サンが済ませる。それから衣料品チェーン店に到着した。店の外観、駐車場の広さに征司は感動したが、滋曰くこれはまだ小さい部類の店舗とのことで驚かされる。

「日本は土地が狭いと言われるけど、本当は広かったんですね」

「征司君、それちょっとステキな認識」

宮本サンはカナの保護者も兼ねていて、店内ではカナにつき添う。征司の保護者は滋だ。征司は初めて入る店内に、どこをどう見て回ればいいのか二の足を踏んでキョロキョロとしてしまう。滋がささっと進むのでその後をついていった。

「これだね、VRマナ・トルマリンのコード付きコラボTシャツ」

「わっ、これ凄く良い！」

「でしょ？」

アニマル絵柄のTシャツ。しかもリアルな動物写真の格好良いデザインのものと、デフォルメされたゆるくて可愛いイラストバージョンの2種類。コラボと聞いてVR機器の絵がプリントされたTシャツを想像していたので、良い意味で裏切られた。

征司がホームでのアバター姿として買ったハリネズミのTシャツもあって、とてもテンションが上がる。ハリネズミはリアルバージョンとイラストバージョンの違いはそれほどなく、どちらも可愛い。

ついてきたカナが白兎のTシャツに目を奪われていた。基本配色がピンクだったのも彼女の心をわしづかみにした原因だと思う。

「カナちゃんにはSサイズでも大きいんじゃないかな」

「だいじょうぶ。ぶかぶかな着こなしもあるの」

カナは兎のを2種類とも買うようだ。他にもプリーツスカートと靴下をカゴに入れている。豪勢《ごうせい》だ。

征司も釣られてイラストのハリネズミとリアルな大鷲《おおわし》の格好良いTシャツを買うことにした。滋の方は猫とフクロウ、黒豹《くろひょう》とアルマジロのリアルバージョンを、4着も買うらしい。なんでも「公式のお呼ばれにそれぞれ着ていく」とか。公式というのはVRマナ・トルマリンの会社の生放送だろうか、それともゲームの方だろうか。

「サトちゃんみたいなジャージないね」

カナが滋のジャージをちょこっとだけ触る。滋のジャージは店内にあるものと生地の光沢が違うのだ。カナはどうやら滋のジャージと同じようなものが欲しいらしい。

普段、お昼休みや登下校などに山へ入ることもあって、征司とカナの制服はジャージなので、ジャージは何着あっても困らない。

「明日から遠征するし、お土産に買ってくるよ」

「ほんと？　わあい！」

「えっ、あの滋さん。そんな……」

「いいからいいから」

オロオロする征司を滋は適当に流して会話を終わらせる。純粋に喜ぶカナのようには征司は喜べない。とても申し訳ない気持ちになった。

（きっと高いんじゃないかな）

自分が手に持つTシャツに視線を向ける。値段は１８００円だ。征司の月３０００円のおこづかいのほとんどがなくなる値段で、滋のジャージはこの10倍はするかもしれない。

普段何気なく着ている洋服に値段があること、そして決して安くないことを、征司は今日初めて意識した。

帰りの車内。行きとは違い、静かな雰囲気が満ちている。宮本サンもテレビの音量を下げてしっとりとしたＢＧＭを流し、カナは早々に寝てしまった。征司も疲れて少し身体が気怠《けだる》い。

ふと窓越しに、歩道のブレザーの制服の男女が目に入った。

（高校の、制服――……）

2人は楽しそうに笑って会話をしながら歩いていた。

たった一瞬見たその姿が、酷く印象に残った。

「……ぃジ君」

「はっ、はい」

はっと意識を引き戻して、滋に振り向いた。

「ゲーム、何か始めてみた？」

「うん、『プラネット イントルーダー・ジ エンシェ……ント』？ を」

長いタイトル名なので、最後の方はこれで合っていたかなと自信がなくなり、おぼつかない返答をした。滋がピタリと目の動きを止めた気配がする。

「征司君。おにーさん、そんなゲーム名をオススメしましたかね……？」

「ううん」

「即答した⁉ ちょっ、待って。俺の気のせいじゃなければ、よりにもよってPKなんて時代錯誤《じだいさくご》要素があるキル根を始めたの⁉」

「う、うん……」

「えーっ⁉ もう、ええぇッ⁉ わざわざ省《はぶ》いたのに‼」

滋が顔を両手で覆ってもだえた。

（滋さん、『プラネット イントルーダー・ジ エンシェント』を知っていたんだ）

滋の発言に驚きつつ、その狼狽《ろうばい》っぷりに征司は慌てて言いつのった。

「で、でも面白かったです。フレンドも2人出来たし」

「フレンド⁉　昨日の今日で征司君ってばコミュ力高過ぎじゃない⁉」

「そう、なのかな……？」

思いがけず褒められて、征司は照れ笑う。

「俺なんて学生時代にやってたMMOは結局4年間フレンドゼロだったよ！　くっ！」

「滋さん……」

滋はうめきながらもタブレットを触り始め、「ぶっ、5万人って少なっ！」と吹き出した。

「MMOなら一桁《けた》足りないだろう。赤字出てそう、この登録者数の少なさ」

滋の呟きに、征司は思わず座席から身を乗り出して滋のタブレットを覗き込む。

マナー違反だったが、滋は特に気にしたふうでもなく、逆に征司に見えるように傾けてくれた。

タブレット画面に映されていたのは、『プラネット イントルーダー・オンライン』という名称の公式サイトだった。

「この公式サイトどうやって見つけたんですか？　僕が検索した時は出てこなかったんです」

「攻略サイトのリンク集から飛んだ」

「わっ、そんな方法が」

「征司君が心配だから俺もやろうかと思ったけど、昨日でベータ期間の受付終了だってさ。リリース日には日本にいないしなぁ俺」

「え……？」

目を丸くすると、滋は口角を上げながらも苦笑気味にタブレットを征司に手渡した。

「5月10日、正式版ＶＲＭＭＯ『プラネット イントルーダー・オリジン』リリースだってさ」

第10話　ゲーム内掲示板03（総合）

プラネットイントルーダー総合掲示板Ｐａｒｔ２５５

９５１：嶋乃さん［ネクロアイギス所属］　２ｘｘ１／05／05
プラオンって略し方初めて聞いたわｗｗｗ

９５２：カフェインさん［ルゲーティアス所属］　２ｘｘ１／05／05
つ「公式サイト　プラネット イントルーダー・オンライン」

953：Ａｉｒさん［ルゲーティアス所属］　2xx1／05／05
だがプラネでいい

954：ジンさん［ルゲーティアス所属］　2xx1／05／05
プラトン？（難聴）

955：隻狼さん［グランドスルト所属］　2xx1／05／05
そういやこのゲームは洞窟始まりだったな

956：よもぎもちさん［ルゲーティアス所属］　2xx1／05／05
おっ、イデア界の話する？

957：ジンさん［ルゲーティアス所属］　2xx1／05／05
申し訳ないけど哲学の話はＮＧ

958：いくら丼さん［ルゲーティアス所属］　2xx1／05／05
お前らたまに教養ありそうな返しするよな

ところで今日何かあった？
スレの進みがめっさ早いじゃん

959：ジンさん［ルゲーティアス所属］　2xx1／05／05
主にツカサ君

960：いくら丼さん［ルゲーティアス所属］　2xx1／05／05
は？

961：猫丸さん［グランドスルト所属］　2xx1／05／05
救世主様やぞ

962：隻狼さん［グランドスルト所属］　2xx1／05／05
・新規が2名増えた
・公式サイト新規登録者カウンター消滅（正木復活？）
・聖人&弟子正体バレ祭り
・新規の1人ツカサ君をキャラ検索したら称号に【五万の奇跡を救世せし者】
←

∨∨俺らの救世主∧∧
深夜に飯テロは許されない、キャラデリして改名しろ∨∨いくら丼
963：よもぎもちさん［ルゲーティアス所属］ 2xx1／05／05
救wwww世wwww主wwwwwwww
この称号何度見ても草
964：いくら丼さん［ルゲーティアス所属］ 2xx1／05／05
よーわからんがわかった
改名はしない（半ギレ
965：ジンさん［ルゲーティアス所属］ 2xx1／05／05
（わかってない）
966：いくら丼さん［ルゲーティアス所属］ 2xx1／05／05
それよりお前らの「君」付けがキモくて耐えられん
鳥肌立つわ
いつからここは気色悪い馴れ合い掲示板になったんだよ

967：カフェインさん［ルゲーティアス所属］　2xx1／05／05
彼、覇王のフレンドです

968：いくら丼さん［ルゲーティアス所属］　2xx1／05／05
ツカサ君ねOK

969：嶋乃さん［ネクロアイギス所属］　2xx1／05／05
手のひら回転はえーよ！w

970：影原さん［ルゲーティアス所属］　2xx1／05／05
覇王のリア友とかいう呼び捨てヤバげな新規
プレイヤー検索すればわかるが、種人だから見た目ガチでショタだし、さん付けは違和感
だからって様付けはやり過ぎなんで消去法で「ツカサ君」ね
和泉って女タンクの方？　呼び捨てでいいわ

971：猫丸さん［グランドスルト所属］　2xx1／05／05
覇王ですら様付けしとらんからな

様呼びはマジでぃらん

972：嶋乃さん［ネクロアイギス所属］　2xx1／05／05
お前らなんだかんだで覇王大好きだよな

973：影原さん［ルゲーティアス所属］　2xx1／05／05
ホモォ

974：隻狼さん［グランドスルト所属］　2xx1／05／05
覇王抜きにしても正木のやる気を出させた功績はデカい

975：Airさん［ルゲーティアス所属］　2xx1／05／06
本当に正木復帰したのか？
単にカウンターが消えただけじゃねぇか

976：ムササビXさん［ネクロアイギス所属］　2xx1／05／06
あ

977：いくら丼さん［ルゲーティアス所属］　2xx1／05／06
なんだ？

978：ムササビXさん［ネクロアイギス所属］　2xx1／05／06
【速報】5／10正式版「プラネット イントルーダー・オリジン」リリース【朗報】

979：陽炎さん［グランドスルト所属］　2xx1／05／06
!?！！！！

980：隻狼さん［グランドスルト所属］　2xx1／05／06
日付越えたら公式サイトのトピックスが更新されたぞ！！！
>>https://～
『5／5オープンベータ版「プラネット イントルーダー・ジ エンシェント」新規受付、配信終了
5／7全サービス停止、メンテナンス作業
5／8～5／9正式版アーリーアクセス（ベータ登録者のみ）
5／10正式版「プラネット イントルーダー・オリジン」リリース』

981：チョコさん［ネクロアイギス所属］　2xx1／05／06

!!（￣・ω・￣）!?

982：嶋乃さん［ネクロアイギス所属］　2xx1／05／06
うおおおおお!!

983：ルートさん［グランドスルト所属］　2xx1／05／06
ヒャッハー!!　プラネ正式版だあ！！！

984：いくら丼さん［ルゲーティアス所属］　2xx1／05／06
え……夢じゃないよな……!?

985：猫丸さん［グランドスルト所属］　2xx1／05／06
正木やっと帰ってきたんか!!

986：まかろにさん［グランドスルト所属］　2xx1／05／06
おかえりなさーい!!

987：よもぎもちさん［ルゲーティアス所属］　2xx1／05／06

新規加入で突然本気を出す正木に草

988：ジンさん［ルゲーティアス所属］ 2xx1／05／06
ナイスゥ！（ナイスゥ!!）

989：花さん［グランドスルト所属］ 2xx1／05／06
正木どんだけ新規欲してたん

990：カフェインさん［ルゲーティアス所属］ 2xx1／05／06
ヒラのこだわりといい、相変わらず偏執《へんしつ》で愛が重たい男――正木洋介

991：くぅちゃんさん［ネクロアイギス所属］ 2xx1／05／06
ツカサ君がネタ抜きでプラネの救世主な件

992：猫丸さん［グランドスルト所属］ 2xx1／05／06
正木の中でなんか線引きがあったんやろな
主に新規とか新規とか新規に対する熱い想いがな

９９３：ジンさん［ルゲーティアス所属］　２ｘｘ１／05／06
古参の俺らェ……

９９４：Ｓｋｙダークさん［グランドスルト所属］　２ｘｘ１／05／06
これは……下手したらプラネ終わってた可能性ないか？
ブラディス事件があった去年から、この1年の間に新規が来なかったら終わらせる気だった気配がする
俺らになんの説明も無く、黙ってプラネ終了しようとしてたとしたら流石《さすが》にゲスいわ

９９５：Ａｉｒさん［ルゲーティアス所属］　２ｘｘ１／05／06
ゲロカスの正木

９９６：アリカさん［ルゲーティアス所属］　２ｘｘ１／05／06
正木の既存ユーザーへの態度はクソそのもの
だがプラネが存命するならそのクソさには目をつぶってやってもいい……

９９７：隻狼さん［グランドスルト所属］　２ｘｘ１／05／06
β「ジ　エンシェント」＝古代

正式「オリジン」＝起源
多分プレイヤーのことだよな？

９９８：いくら丼さん［ルゲーティアス所属］　２ｘｘ１／05／06
積極的にネタバレしていくスタイル

９９９：猫丸さん［グランドスルト所属］　２ｘｘ１／05／06
詳細を!!
パッチノート公開はよ!!

１０００：ブラディスさん［グランドスルト所属］　２ｘｘ１／05／06
ただいま、プラネ

００００：正木洋介代理運営ＡＩ
このスレッドは１０００になったため、次の新しいスレッドを生成しました。
利用者はそちらに移動してください。

第11話　近隣の果樹林の探索

5月6日、夕方。早めに夕食を済ませた征司は、自室でVRマナ・トルマリンを装着する。

今日買ったコラボTシャツに付いていたコードは、ゲームストアでそのコード番号を打ち込むとホームの家具がもらえた。

家具は設置型クローゼット。クローゼットを開けると、買ったものと同じ柄のTシャツがハンガーにかけられている。複数買っていた場合、クローゼットの中のTシャツを移動して1つのクローゼットに纏《まと》められる。さらにはアバターが着ることも出来た。

ハリネズミのアバターに、ハリネズミのTシャツを着せると上半身に服を被っているような見た目になるので、世界的に有名なクマのキャラクターと似た格好になる。でも悪くないと思った。

《星空の部屋》が野外なので、木枠のロッジ舞台と一体化したクローゼットは一見庭の物置みたいになる。カントリーハウスの家を設置したいが、あまりホームにお金をかけるのも気が咎《とが》めたので、そこはぐっと我慢した。

ハウジングというらしいこの部屋作りの要素がとても楽しい。もっと色々と出来ないものかと頭を悩ませつつ、『プラネット イントルーダー・ジ エンシェント』にログインした。

途端、目の前に青い半透明のブラウザが現れる。

《オープンベータ期間終了のお知らせ。

オープンベータ版『プラネット イントルーダー・ジ エンシェント』は2xx1年5月5日をもって配信を終了いたしました。

沢山のダウンロード、ご協力のほどありがとうございました。つきましては、オープンベータ版のご利用も2xx1年5月6日に終了とさせていただきます。


翌5月7日は全体メンテナンス作業実施のため、休止します。


2xx1年5月10日に、正式版『プラネット イントルーダー・オリジン』を発売いたします。

ゲームストアでの配信販売価格は2000円です。


ベータ版に登録された方は、2xx1年5月8日、9日に正式版をダウンロードして遊べる2日間先行のアーリーアクセスの権利が特典としてございます。さらにアーリーアクセス期間のログインによる特典があります。

また、長きに渡るベータ期間延長により多大なご迷惑をおかけしたため、ベータ版登録の方には正式版を無料配布致します。

ベータ版登録の方はストアで正式版を購入しないようお気を付けください》

（アーリーアクセス？　本当に発売されるんだ）

これから本腰を入れて遊ぼうと思っているゲームの正式版が出るのは素直に嬉しい。長く遊べるなら、それに越したことはないと思う。

運営のお知らせ以外にもメールが届いていた。昨日パーティーを一瞬だけ組んだＳｋｙダークからだ。

『差出人：Ｓｋｙダーク
件名：パーティーを抜けた件について
内容：昨日は勝手にパーティーを抜けて悪かった。

自分の抜けた後に入った人に迷惑をかけたはずなので、謝っていたことを伝えてほしい。

ただ、はっきり言ってそっちのパーティー募集板の使い方も悪い。

初見かどうか、レベル差はどの程度許容かを記載すべき。

他人のために自分のプレイ時間を消費してもいいというお人好しばかりが遊んでいる訳じゃない。

人に迷惑をかけるなら事前に事情を口に出すのがマナーだ。

とにかく自分の穴埋めをしてくれた人に謝罪の連絡を頼む』

無言で抜けられたために怖い人の印象があったが、パーティー募集板の使い方を教えてくれる辺り、真面目な良い人だ。何よりマナー違反をしていたのはツカサの方なので、Ｓｋｙダークにも嫌な思いをさせてしまって申し訳なく思う。
早速、雨月と和泉に宛ててＳｋｙダークから謝りのメールが来たことを伝えた。

『差出人：ツカサ
件名：こんばんは
内容：昨日、最初にパーティーを組んでくれた人から迷惑をかけてしまいすみませんという丁寧なメールをいただきました。
僕の募集の仕方が悪かったので、僕こそみなさんに迷惑をかけてしまってごめんなさい。
昨日はありがとうございました』

すると、すぐに和泉からチャットが来た。

和泉　：こんばんは。メール見ました！
　そっちに行ってもいいですか？
ツカサ：こんばんは。
　いいですよ！

昨日より遅く、夕方からのログインなので和泉を待たせてしまったのだろう。ほどなくして、東の城門付近の石のベンチに座るツカサの元へ、和泉が笑顔で駆けてくる。

ツカサは立ち上がり、開口一番に謝った。

「ログインが遅くてすみません」

「い、いいのいいの……！　ログインなんて、すっ、好きな時間にするものだし。わっ、私との約束も、ログイン出来た時に時間が合えば遊ぶってぐらいの感じで……っ！　ゲームだもん。気軽に遊ぼうよ！」

「そうですね、気軽に……。ありがとうございます」

「へへっ」と和泉は照れ笑いをする。

和泉の優しい言葉にツカサも、ほんわかとした。

「きょ、今日は昨日の続きで近隣の果樹林に行く？　それとも先にツカサ君のクエストをクリアしよっか」

「先に近隣の果樹林に行きませんか？」

「行こう！」

パーティーを組んで東の城門を出ると、和泉が辺りを見渡し、気持ち少しだけツカサの前に出た。

「このゲームＰＫ出来るらしいから、わっ、私がツカサ君を守るよ」

「和泉さん、頼りにしています」

「任せて……！」

和泉が胸を張って嬉しそうに、はにかんだ。和泉を見上げるツカサも自然と笑みが零れる。

（そういえば雨月さんはそのＰＫの人だと思うんだけど、親切だし、全然そんな怖い感じじゃないなぁ）

雨月の称号を思い出す。【脱獄覇王】【無罪となった極悪人】【千の虐殺者】【殺人鬼】――正直、一体ゲーム内で何があったのかと驚愕する称号だが、雨月自身は普通に鳥が好きな優しい人だとツカサは思う。それにコウテイペンギンの雛もとても可愛かった。

「公式サイトで戦闘不能のペナルティを調べたんですけど、衰弱のデバフ？　がついてステータスがしばらく半減するみたいです。あとアクセサリーの装備品が１つ壊れるか落とすことになるそうです」

「そ、それってＰＫもかな？」

「多分」

「じゃあ、今はアクセサリーつけていないし、あんまり心配ないね」

「は――」

ツカサは頷きかけて、腰のロープのようなベルトに下げられた明星杖を見た。

「僕、雨月さんからもらった杖を持ってました」

「あ⁉　そ、それは気をつけないと！」

「外しておきます」

ツカサがベルトに触ると、和泉が慌ててツカサの腕を止めるために掴もうとした。

しかし、スカッとすり抜ける。プレイヤー同士の身体は触れられないのだ。ＰＫやＰＶＰなどの攻撃だけが、接触に近い形で透過されずに判定が出るのである。

「ツカサ君、それは……雨月さんが悲しい、と思う。つ、使ってこそだよ」

和泉が眉を八の字にして寂しげに呟いた。

確かに雨月から装備するために渡されたものなのだから、装備してこそだとツカサも思い直す。そのままアクセサリーとして装備しておくことにした。


近隣の果樹林に到着する。

様子を見ながら果樹林にそうっと足を踏み込んだ。昨日のようにダンジョンへの文言も出ず、移動することもなかった。

青空を遮《さえぎ》るように枝を伸ばし、薄暗く鬱蒼《うっそう》とした空間を作っている木々。進むと、迷子になりそうな雑然とした長い背丈の雑草。空気までもがどこかかび臭いというか青臭いというか、正直臭いのリアルさに現実世界と錯覚しそうだ。

「果樹林って名前だけど、雑木林《ぞうきばやし》っぽいですね」

「ゾウキバヤシ？」

隣でポカンとしている和泉を、ツカサも目を丸くして見上げる。

「空き地の方の雑木林とかに入ったことはないですか？」

「雑木林って空き地にあるの？」

「えっ」

「え？」

和泉が心底不思議そうに首を傾げた。ツカサも不思議な夢心地の気持ちで和泉を見つめた。山村では果物だけを育てている農業の人もいるので、ツカサの中では明確に雑木林と果樹林には違いがある。

（僕、本当に山村の外にいる人と喋っているんだ）

住んでいる環境の違いを如実《にょじつ》に現した会話をツカサと和泉はしていた。ツカサの胸中に新鮮な驚きが広がる。両親が山村外の人との交流にこだわった理由が少しわかった気がした。

「えっと、木苺とハーブの採取ですよね」

「あ、あれ！　あれかな⁉」

膝丈まで繁《しげ》る草をかきわけて、ほのかに発光している形が違う草を見つける。草を摘むと光になって消え、所持品に入った。

《「果樹林のハーブＨＱ」×1を手に入れました》

アイテム説明で『果樹林のハーブ：微かに回復の薬効があり、回復薬の材料になる。料理にも使える。ＨＱ（ハイクオリティ）は通常のものより効果が微増している』とされていた。クエストの表記も《達成目標：木苺０／５、ハーブ１／５を採取して引換所で渡す》と数値が増えている。これで間違いない。

周辺に木苺の低木《ていぼく》が固まって生えている採取地があるのに気付き、ツカサと和泉はそこで木苺を採取した。

ハーブを余分に取っていると、《サブクエスト『閃け！　新商品』》も達成になる。詳しく見ていなかったが、そちらもハーブ採取のクエストで重複していたらしい。和泉にもそのことを伝えた。

「あとはサブクエスト『近隣果樹林の害獣退治』ですね」

「倒すのは『カジュコウモリ』。コ、コウモリって洞窟……？　この果樹林のどこかに洞窟があるのかな？」

和泉がキョロキョロと辺りを見渡す。

ふと、ツカサは視線を薄暗い頭上に向ける。すると、陽の光を遮る葉っぱが繁る枝にぶら下がった、カジュコウモリを見つけた。

「大きい……」とツカサの驚く声に、和泉も視線をカジュコウモリへと向け、「う、うわぁ……」と声を発して身震いする。

90㎝はあるだろうかという巨体が、目を閉じて木にぶら下がっているのだ。ただ、顔はネズミっぽくて愛嬌《あいきょう》があり、ちょっと可愛い。

和泉は見上げながら茫然《ぼうぜん》と呟く。

「私の攻撃届くかな……」

「僕が攻撃したらこっちに来るかも」

「で、でもそれだとファーストアタックでヘイトがツカサ君にいっちゃう。ちょ、ちょっと試してみる」

和泉は気を奮い立たせて、背中から盾を、腰から剣を抜き、カジュコウモリの真下へと近付く。

和泉が見上げながら【宣誓布告】を使った。空中に現れた盾のエフェクトは昨日とは模様が変わり、鍵盤《けんばん》になっている。

カジュコウモリがパチリと目を開けた。そして羽を広げて飛び上がり、和泉へと体当たりしてくる。和泉は慌てて盾でガードした。

「うわ!? と、届いた……みたい！」

「それじゃ、僕も攻撃します！」

和泉は剣で、ツカサは【水泡魔法】で攻撃し、カジュコウモリを倒す。和泉のＨＰが減るごとにヘイトの邪魔にならない程度に【治癒魔法】で回復した。

サブクエスト『近隣果樹林の害獣退治』で指定されているのは６匹。最初の１匹があっさりと倒せたので、探して倒していく。

《サブクエスト『近隣果樹林の害獣退治』を達成しました！》

《達成報酬：経験値１０００、通貨50Ｇを獲得しました》

《神鳥獣使いがＬＶ２に上がりました》

《【治癒魔法】がＬＶ２に上がりました》

《神鳥獣使いがＬＶ３に上がりました》

　さくっと次のレベルまで上がった。

　カジュコウモリは『カジュコウモリの羽』と『カジュコウモリの肉』をランダムで落とすらしい。所持品に入った２つの素材には数に偏りがあった。

「ツカサ君、わ、私もう１つのサブクエストも達成しているんだけど……」

「どれですか？」

「に……『肉が足りない！』が」

「肉――……え？　肉って、カジュコウモリの肉なんですか⁉」

「う……うん」

　日本はコウモリを食べる文化圏ではないので、どうしてもゲテモノのように感じる。

　確認すると、サブクエストの詳細も《達成目標：肉６／６を調達して屋台の男性に渡す》となっていた。ツカサは既に達成していた。倒した数より、若干素材が多く手元に入ってきている。両方のアイテムが出た瞬間が何度かあったのだろう。

　お互いコウモリの肉に困惑しながら、和泉の方はまだ肉が足りないため、もう少しカジュコウモリを探して倒す。

　最後の１つがなかなか出ず、戦闘回数をたくさんこなした。

《【水泡魔法】がLV3に上がりました》

そうして近隣の果樹林でのクエストをひと通り達成出来る状態にし、ツカサ達は街へ戻った。地図で「！」マークのつく串焼き屋台を目指す。屋台の男性にカジュコウモリの肉HQを差し出した。

「ありがてえ！　肉の在庫が切れて困ってたんだよ！　それに良い肉じゃねぇか！」

《サブクエスト『肉が足りない！』を達成しました！》

《達成報酬：経験値300、通貨500Gを獲得しました》

白い歯を光らせてニカッと笑う男性に、ツカサ達は愛想《あいそ》笑いを浮かべて後ずさりすると、そそくさと屋台から離れた。

「あのお店、コウモリの串焼き屋さんだったんですね」

「私、ニワトリのゆるキャラ絵を飾った露店だったから、絶対鳥肉だと思ってたよ……」

2人は、くだんの串焼き屋の串焼きを「ここの鳥肉うまいんだよなぁ！」と笑顔で頬張る街の人達の横をぎこちなく通り過ぎて、次のクエスト報告の屋台へと向かった。

□――――――――――――――――――――□

名前：ツカサ

人種：種人擬態人〈男性〉
所属：ネクロアイギス王国
称号：【深層の迷い子】【五万の奇跡を救世せし者】
フレンド閲覧可称号：【カフカの貴人】
非公開称号：【神鳥獣使いの疑似見習い】【死線を乗り越えし者】【幻樹ダンジョン踏破者】

職業：神鳥獣使い　LV3（↑2）
HP：70（↑10）
MP：200（↑100）（＋110）
VIT：7（↑1）
STR：6
DEX：7（↑2）
INT：8（↑2）
MND：20（↑10）（＋1）

スキル回路ポイント〈6〉（＋6）

◆戦闘基板
・【基本戦闘基板】
「【水泡魔法ＬＶ３】（↑１）【沈黙耐性ＬＶ２】
・【特殊戦闘基板〈白〉】
「【治癒魔法ＬＶ２】（↑１）【癒やしの歌声ＬＶ２】
◇採集基板
◇生産基板

所持金　70万５５０Ｇ
装備品　見習いローブ（ＭＮＤ＋１）、明星杖（ＭＰ＋１００）
□――――――――□

第12話　メインクエスト序幕終了と自室機能解放

《サブクエスト『閃け！　新商品』を達成しました！》

《達成報酬：経験値３００、「薬草茶ＨＱ」×2を獲得しました》
料理人の男性に『果樹林のハーブＨＱ』を渡してクエストを達成した。和泉はノーマルクオリティだったが、ツカサが渡したのはハイクオリティだったので、料理人の男性にはとても喜ばれ、褒められて嬉しかった。
それから黄色の天幕に行き、同じくハーブと木苺を受付の女性に渡す。
《メイン派生クエスト『初めての近隣の果樹林へ』を達成しました！》
《達成報酬：経験値３００、通貨２００Ｇを獲得しました》
「あのコウモリのお肉屋さんの報酬金額の方が高い……」
「和泉さん、それはもう忘れませんか……」
微妙に肉クエストを引きずっていたので、肉クエストの報酬金額５００Ｇを丸々使って食べ物を買うことにした。ツカサと和泉は一皿５００Ｇという『卵と野菜煮込みのおかゆ』を大鍋で作って小売りにしている屋台を発見して購入し、中央広場へと向かう。
中央広場では赤色ネームの『桜』というプレイヤーが大声で叫んでいた。
「ネクロアイギス民の方々！　今夜0時、このネクロアイギス王国中央広場で一緒に最後の夜を過ごしませんかー!?　参加自由、というかゲームを運営に落とされるまで一緒に過ごすだけでーす！

「まったりみんなで最後を迎えましょー！」

（最後の夜？）

「べ、ベータ版今日で終わりらしいもんね。明後日から正式版になるんでしょ？　私、滑り込みで登録して得しちゃった。ベータ版は正式版より１０００円安かったし」

ツカサはハッとする。正式版の件で思い出した。和泉に今後のことを言っておこうと思っていたのだ。

「あの、和泉さん。今日で連休も終わっちゃいます。僕はこれからは夜だけのログインになって、日によってはログイン出来ないこともあると思います。正式版の当日もすぐには遊べません。だから ログイン出来るなら、僕のことは気にしないで進めてください。それで後から色々教えてくれると嬉しいです」

（いくら難しくない通信高校でも、受験勉強はしておかないといけないから）

「う、うん！　今度は私がツカサ君に教えちゃうよ！」

ゲームと受験の両立は結構大変かもしれない、とツカサは思った。両親からゲームをすることを薦められたという事実があるおかげで、気を咎めることもなく遊べはするのだが。

「ツ、ツカサ君……あの、折角だから最後の夜、ここに来て過ごしてみる……？」

「そうですね、記念になりそうだし」

「だ、だよね！　へへ」

まだまだ先の時間の話なのでクエスト進行へと戻ることにした。

中央の噴水の縁に、ぐったりとした様子で寝転がっているボロボロのワンピースを着た女の子の元へ行く。

「あの、これを」

恐る恐る、卵と野菜煮込みのおかゆの器を差し出す。彼女はピクリと肩を揺らし、のっそりと上半身を起こした。

気付けば、共に話しかけたはずの和泉の姿がない。通りにいた他のプレイヤーの姿も消えている。

（メインストーリーは個別に進める形になっているんだ）

女の子は器を両手で持つと、おかゆをすすって呑《の》むように少しずつ食べ始めた。

「あったかい……おいしい……」

人心地《ひとごこち》がついたのか、ほうっとため息を零して顔をほころばせる。そしてツカサに「ありがとう……」と礼を述べた。

「お兄ちゃんはこの国におうちがある人……？」

「えっ。ううん、家はないよ」

「じゃあ、わたしといっしょだね……」

力なく笑みを浮かべる女の子に、ツカサはどう答えればいいのか、声を詰まらせる。

「この国が、どこか知っている……？」

「えっと、ネクロアイギス王国」

「知らない国……どこ、なんだろう」

「君はネクロアイギスの子じゃないの？」

「わたし、ルビー。あらしで海に流されて、船の人が助けてくれてこの街につれてきてくれたけど、わたしの住んでた場所じゃない……」

「家がどこか――国の名前とかわかる？」

ルビーはゆっくりと首を横に振った。

「僕も、船でこの国に連れてこられたばかりだよ」

「お兄ちゃんもまいご……いっしょだね」

（あ。そういえば称号も【深層の迷い子】って――）

「じゃあお兄ちゃんとわたしのおうち、いっしょに探そうよ……！」

ルビーは笑顔になる。少しふらつきながらも立ち上がって、ツカサの手を握った。

ツカサは温かい体温を感じる手に驚かされる。

（ここまでリアルに再現されているんだ⁉）

ゲームキャラクターがまるで現実の人間そのもので、ゲームってこんなに凄いんだと、ツカサはただただ尊敬の念を持った。

「――もし。そこのおふたり」

ルビーとツカサに声をかけてきたのは、黒い詰め襟のローブを着た上品な老人だった。老人は逆光の中、沈む太陽の光を背にして柔らかく微笑む。

「ネクロアイギス王国で見かけぬ隣人ですね。旅をなさっておいでの方々かな？」

「お兄ちゃんとわたしはおうちを探しているの。あらしのせいでどこなのか、わからなくなっちゃった……」

「なるほど、昨日の嵐で流れてきたのですね。それではこの国で頼れるよすがもないのでしょう。良ければ教会に来ませんか？　迷える子羊に救いの手を差し出すのも〝深海闇《しんかいあん》ロストダークネス教会〟の司——いえ、神父としての務めです」

ルビーが判断を仰ぐ視線をツカサに向けた。

何故この神父は突然話しかけてきたのだろうか。神父の視線はルビーに注がれていて目当てはルビーな気がする。ためらいを覚えたが、他に手はないようなので頷いた。


ツカサの答えに破顔《はがん》する神父に連れられて、広場の傍にある石造りの教会に行った。神父は教会の一室をツカサとルビーに貸してくれるという。

案内された個室は、木の2段ベッドとシンプルな木のデスクと椅子が設置されていて、デスクの上には書見台《しょけんだい》があり、この世界の文字で書かれた本が置かれていた。壁には白のチョークで何か数字の書かれた黒板がかかっている。

「その、ありがとうございます」

「ご自由にお使いください」

ツカサとルビーが頭を下げて礼を告げると、神父は微笑みながら去っていった。

すると、シャン！　と鈴の音が鳴る。

《ネクロアイギス王国の「自室」を手に入れました！》

《「自室」では簡易生産、マーケットの取引と倉庫が利用出来ます》

《簡易生産は、生産ギルド所属後に書見台の本へアクセスすることで簡易生産を可能とします。

マーケットは、黒板にアクセスすることでプレイヤー間のみの匿名《とくめい》の取引が可能になります。出品出来る個数は30です。

基本的に生産品とそれに関わる雑貨や材料のみで、ダンジョン産装備を出品することは出来ません。そちらは店や屋台を持つか、個人個人で直接トレードを行い、取引をしてください。

倉庫は、ベッドにアクセスすることで１００個の収納が可能になります》

（自室！　じゃあ神父さんについてきて良かったんだ）

《五国メインクエスト、ネクロアイギス王国編『影の興国』――序幕『天涯孤独の少女を救え』を達成しました》

《達成報酬：経験値５００、「質素な革のベルト」を獲得しました》

《称号【深層の迷い子】が【影の迷い子】に変化しました》

《称号【ルビーの義兄】を獲得しました》

《称号【深海闇ロストダークネス教会のエセ信徒】を獲得しました》

《称号の報酬として、【基本戦闘基板】に【祈りLV1】（5P）のスキルが出現しました》
《神鳥獣使いがLV4に上がりました》

称号の詳細を見てみると【ルビーの義兄】は、ルビーの好感度が高い状態で初期クエストを達成するのが条件だったらしい。おかゆが良かったみたいだ。

そのルビーは二段ベッドのはしごを登って喜んでいたが、いつの間にか布団にもぐりこんで寝息をたてて眠っていた。体調がよくないせいで身体が休息を求めているのだと思う。

ツカサは黒板にアクセスし、所持品の中の『カジュコウモリの羽』と『果樹林のハーブHQ』の残りを全て出品してみる。初期のアイテムのせいか、今は他に出品者がいなかった。

過去の取引値段のログが閲覧出来たので、その値段に合わせて各50Gで出品する。

ツカサの足下に矢印が出ていることに気付いた。室外へと続いていて、地図を見ると教会の本堂に「！」がある。メインクエストの続きはそこからのようだ。

自室から出て、教会の外に一旦出た。手に入った『質素な革のベルト』を装備すると、VITが＋2上がる。見た目もロープからちゃんと革のベルトになってなかなか良い感じだ。

「おーい、ツカサ君！」

「和泉さん」

手を振って、和泉が笑顔で駆けてきた。ツカサはその時点で「あれ？」と不思議に思い、背後の教会を振り返る。

「和泉さんは教会から出てどこに行っていたんですか？」

「え？　あ！　ツカサ君はあの神父についていったんだ⁉　私、うさんくさくてついていかなかったよ」

「じゃあ『自室』はもらえなかったんですか？」

「じ、『自室』？　私は教会を断ったら、あの最初にマルシェで話しかけてきた野菜の屋台のおばさんが自宅庭の小屋を貸してくれる流れになって……その『借家』が拠点になったよ。ツカサ君の『自室』っていうのも、マーケットや倉庫が使える場所？」

「はい。じゃあ、機能としては同じものなんですね。チュートリアルの説明で、メインストーリーは変わらないってあったからお話は一本道だと思ってたんですけど」

「分岐、するんだねぇ」

称号も違った。和泉は【八百屋の居候】を取得していて、報酬の発現スキルも【胆力】というもの。攻略サイトで調べると、【胆力】は【死線を乗り越えし者】が発動直後に、無敵時間を作るというタンク必須のスキルだった。和泉はそれを知ってすぐにスキルを取る。

もしイベントで【胆力】を取り逃した場合、スキルブックがあるのでマーケットで買うか、直接ダンジョンに取りに行くようにと攻略サイトには書かれている。

同じく【祈り】も深海闇ロストダークネス教会に数日間通うと、誰でもスキルが発現出来る救済措置があるそうだ。

ただ【祈り】は《深遠を想う》としか詳細が説明されておらず、なんのスキルかわからない。

しかも攻略サイトの説明もバッサリだった。

『【祈り】効果なし。バグスキル』

「……バ、バグ……!?」

攻略サイトに書かれた説明に、ツカサは慌てて『ネクロアイギス古書店主の地下書棚』ブログでも確認した。

『【祈り】……効果不明。バグとされるが、いつまで経っても運営ＡＩに修正されないため、判明していない効果があるのではないかとされている。

その名称や取得経緯からヒーラーに関わるスキルと推測され、お守り代わりに取得するヒーラーがいる。しかし、【祈り】をレベルＭＡＸにしたところでヒール量が上がるわけでも、ＭＰ量が増えるわけでもない。何も変化は無い。

しかも【祈り】はＰＫまたはＰＫＫを1度でもすると取り上げられ、消費したスキル回路ポイントも戻ってはこない』

「……効果、本当にないみたいです」

「変なスキルだね」

「和泉さん。僕1度ログアウトして寝る準備をしたいので、0時前に中央広場で集合しませんか？」

「あ。わ、私も夜ご飯食べなくっちゃ」

「じゃあまた後で」

「うん！」

ツカサと和泉は落ち合う約束をして、一旦ログアウトした。

第13話　オープンベータ版世界の最後の夜

お風呂に入って、いつでも寝られるように準備してから再びログインした。

和泉はまだ戻ってきてはいない。

肩に留まるオオルリのお腹を優しく撫でながら、やり残したことがないか考える。

（そういえば、ダンジョンをクリアしたのに限定特殊クエストを達成してない）

地図を見ながら、達成目標の好事家がいる場所を目指す。

ところが目的地は城下の門内にある貴族街と、住宅街、天幕の市場の3種類に分れていた。好事家は3人いるようなのだ。

貴族街の方は城門に近寄ると、警備の衛兵に立ち入りを止められた。住宅街と市場の方しか行けないんだなと諦める。

もう1度、和泉がログインしているかどうかを確かめ、ふと雨月の名前に目が留まる。

(雨月さん、ログインしているし誘ってみようかな)

相手が何をしていても迷惑にならないよう、時間を置いても返信可能なメールの方で『ベータ版最後の夜を僕達と中央広場で一緒に過ごしませんか？』と声をかけてみる。すると、すぐにチャットの返信が来た。

雨月　：悪いが遠慮しておく
ツカサ：じゃあ挨拶だけでも
　　雨月さん、ベータ版ではお世話になりました
　　正式版でもよろしくお願いします
雨月　：よろしく
　　なんだか新年の挨拶っぽいが
ツカサ：本当だ
雨月　：神鳥獣ギルドは行った？
ツカサ：行きました

雨月　：あと教会で【祈り】を意味なくレベルカンストさせるといい
ツカサ：意味なくですか？
雨月　：無価値にして至高のスキル
　　　　至高になるかはツカサさん次第
ツカサ：おすすめなら取ってみます
雨月　：うん
　　　　それじゃあまた
ツカサ：はい！　また遊んでください！

チャットを終えてから、ツカサは改めてチャットログを読み直して首を傾げた。

（雨月さん、ひょっとして【祈り】の効果を知っているのかな……？……あ！　チュートリアルで神鳥獣使いギルドに行った話だと思って勢いで「行きました」って答えちゃったけど、これ、もう1度行ったかどうか聞かれていたんじゃ……）

ツカサは勘違いをして返答をしたかもしれない。上手く意図をくみ取れず、神鳥獣使いの先輩として親切にアドバイスをしてくれたであろう雨月に対して申し訳なく思った。急いで身を翻し、神鳥獣使いギルドへと向かうことにする。

道すがら、ネタバレ覚悟で攻略サイトで神鳥獣使いを調べた。そこで初めて神鳥獣使いがレイドダンジョンなどで「パーティーに席が無い」「地雷」と称される職業だと知り、散々な評価にショックを受ける。

『ネクロアイギス古書店主の地下書棚』ブログにも神鳥獣使いを考察した記事があった。

『……神鳥獣使いは、現在（オープンベータ版）の最高レベル50にカンストさせると、ヒーラーとしての薄さの問題が浮き彫りになる。

明らかに他のヒーラーよりもヒール量が少なく、かと言って攻撃や防御系統のバフが初期スキルから増えもしない手数の無さは致命的だ。完全にバフデバフ両刀の宝珠導使いからデバフまで抜いた下位互換ヒーラーで、バフ特化ヒーラーでありながら、特化でないヒーラーに劣っている。

この問題を解決するべく、神鳥獣使い自身がスキルブックの大捜索を行ったが、解決の糸口とされるその所在は未だ不明である。

――何故有志が神鳥獣使いにスキルブックが存在すると断定するのか。その根拠は外部でなされた解析結果を根拠にしている。

解析によって【波動のさえずり】、【断罪のさえずり】、【破邪《はじゃ》のさえずり】、【郭公のさえずり】などまだ誰も手にしていない上位スキル名らしきものが多数見つかっている。

だが大捜索で見つからず、運営へのバグ問い合わせへの返答もないことからオープンベータ版では完全な神鳥獣使いは実装されていないという見方もある。

当管理人も、神鳥獣使いとは「未実装ゆえの不遇職」だと考えている。……』

（不遇職って響き、なんだか寂しい……）

若干へこみながら神鳥獣使いギルドに足を踏み入れると、強制的に顔を上げさせられ、視線もギルド壁際にある石の長椅子の方へと動かされた。

そこにはチュートリアルで出てきた性別不詳の綺麗な人が座っている。【特殊戦闘基板〈白〉】をくれた人物だ。

（確か、称号【カフカの貴人】の人だから、名前はカフカさん）

カフカはツカサを見ると淡く微笑み、立ち上がった。そして胸に手を当てて、ツカサへと頭を下げる。

ツカサもぺこっと軽く頭を下げた。

（これ、イベントだよね……？）

「わが君。ネクロアイギス王国の王の名を冠するローゼンコフィンの薔薇をご存じでしょうか？」

「は、はい」

「風の噂に聞くところ、市場でその薔薇の話が流れているようです。売られているとしたら1本1万Gはくだらないでしょう」

（あ！　これひょっとして限定特殊クエストの発生条件!?　ここで教えてもらえたんだ……！）

「ローゼンコフィンは不思議な薔薇。まるで鏡のように、摘む者自身の力が強ければ強いほどにその大輪の花は赤黒く染まり、力が無ければ無いほど色は薄まります。色の無い薔薇、やはり価値が高いのはそちらでしょう。2桁に届かぬ未熟な使い手であれば、色の無い薔薇を手に出来るかもしれません。私も1度拝見してみたいものです」

「あの、その薔薇ならここに」

所持品から『真なるローゼンコフィンの薔薇』を取り出して、カフカへと手渡した。

カフカは微かに目を見張ると、渡された薔薇をしばらく見つめ、丁重にツカサへと差し出す。

「わが君、願いを叶えていただいたこと、誠に痛み入ります」

ツカサが戸惑いながらも返された薔薇を受け取ると、カフカは微笑んで静かに神鳥獣使いギルドから去っていった。

《【特殊戦闘基板〈白〉】に【喚起の歌声LV1】（3P）のスキルが出現しました》

（スキルが出た！）

薔薇の限定特殊クエストクリアには直接関係は無かったようだが、スキルが増えたのはとても重要なことだと思う。

現在スキル回路ポイントは9。レベルが1つ上がるごとにスキル回路ポイントが3ずつ増えている。

次に取るスキルは、雨月が使っていたパーティーメンバー全員の攻撃力を上昇させる【鬨の声】にしようとツカサは思っていたが、【喚起の歌声】の説明の《【喚起の歌声】神鳥獣の警戒の声。パーティーメンバー全員の精神的状態異常（沈黙・混乱・狂心・恐怖）を回復する魔法をかける歌》

に、こちらを先に取った方が戦闘が安全だと考えて方針を変えた。

《【基本戦闘基板】の【祈りLV1】を取得しました》
《【特殊戦闘基板〈白〉】の【喚起の歌声LV1】を取得しました》

中央広場へと戻った。

和泉を待ちながら、試しに【祈り】を使ってみる。肩のオオルリがバサッと翼《つばさ》を広げた。ただそれだけで特に何も起こらない。だけど、誇らしげに胸を反らすオオルリの仕草は可愛いの一言に尽きる。


それから、今は誰も利用していないからと1度閉じた《神鳥獣使い掲示板》を開くことにした。

当時を辿《たど》って読んでいく。1年前の神鳥獣使いの人達の、検証や試行錯誤の会話がそこにはあった。

（あ。これだ）

□――――――――――――――――□

449：リッチさん［ネクロアイギス所属］ 2xx0／04／22
チュートリアル後にギルドに行かない奴大杉問題

450：アリカさん［ルゲーティアス所属］ 2xx0／04／22

これ次からテンプレにしろ
●チュートリアル後に神鳥獣ギルドに行くのは義務
●レベル9以下パーティーで、幻樹ダンジョンクリアは最低義務
●PK禁止。殺人犯と過剰防衛奴は諦めて転職しろ。カフカと教会が許すことはない
●鳥が可愛いから無意味に【祈り】も取れ

451：ガルストさん［ネクロアイギス所属］ 2xx0／04／22
義wwww務wwwwウェッッwwwww

452：アヒルの子さん［ネクロアイギス所属］ 2xx0／04／22
聴罪師カフカはネクロアイギスの上位存在NPCだからな
プレイヤーから積極的に関わっていかんと

453：くぅちゃんさん［ネクロアイギス所属］ 2xx0／04／22
待ちの姿勢とか、お前の方が王様かよっていう

454：カルガモさん［グランドスルト所属］ 2xx0／04／22
ネクロアイギス所属なのに、カフカに関われなくて血涙流してる純タンクと純アタッカーだって

いるんですよ！ｗ

455：バード協会さん［ネクロアイギス所属］　2ｘｘ0／04／22
いや、アタッカーオンリーの奴でもカフカ称号持ってるのがたまにいるよ
神鳥獣使いギルド以外でもどっかで接触出来るっぽい？

□―――――――――――――――□

（神鳥獣使いの間では、ちゃんと情報が出てたことなんだ）

あとはさらりと目を通したが、それ以上の収穫はなかった。後半はほぼ、他のヒーラーに落ちる性能なのは何故か、その話題に終始していた。

「ツカサ君っ、お待たせ！」

和泉がログインした。２人で中央広場の隅にある石のベンチに座る。

「和泉さん、神鳥獣使いはあまり役に立たない職なんだそうです。これから迷惑をかけることになるかもしれません」

「え⁉　い、いいよ。そんな気にしなくって！　私もヘボタンクだから……」

何故か和泉の方が申し訳なさそうに肩を落とし、ごにょごにょと声をすぼませる。

「……ツカサ君こそ、私のダメさに嫌になるかもしれないよ。信じられないくらいトロくさくてぶきっちょなの……」

ハスキーな声のせいか、擦《かす》れた声音はとても暗い響きを帯びているように感じた。ツカサは和泉が何かに潰されそうになっているふうに思え、精一杯勇気を出して励ましの言葉を口にする。

「じゃあ、お互い様ですね。僕も和泉さんも迷惑かけあって打ち消し合いながら遊びましょう！」

「ツカサ君……」

非常に照れくさい。格好をつけすぎた感がいなめない。ツカサは頬が赤く火照るのを自覚しながらも、それに気付かないように虚勢《きょせい》を張って和泉に笑いかけ、自分なりに平然とした顔を作って夜空を見上げた。心臓はかなりバクバクとうるさい。

（年上の女性に偉そうなこと言ってる……！　うわーうわー！）

「あ……ありが、とう……」

和泉は顔を伏せていた。その声は少し鼻声になっていた。

そうこうしていると、皆に呼びかけていた桜というプレイヤーがこちらに向かってくる。

「やあやあ、そこのお2人さん。これどうぞー！」

《『桜』から『打ち上げ花火（小）』のトレード申請を受けました。承認しますか？》

「え、あの」

「みんなに配ってるから受け取って！」

「は……はい。ありがとうございます？」

ツカサと和泉は『打ち上げ花火（小）』をもらって目を丸くする。中央広場にはぽつぽつとプレイヤーが集まっていた。

彼らはそれぞれ花火を打ち上げ、「ひぃっさっつぅ☆花火乱舞ぅ!!」「ぎゃ!? やめーや！」「打ち上げすぎだろ！」「チョコぉぉぉぉー!! 貴様のもふもふ召喚獣出せやあぁ！」と楽しげに笑って騒いでいた。

ツカサと和泉も、打ち上げ花火を使う。ヒューっと上がる音がして頭の少し上くらいの高さで小さな花火がポンポンと上がった。綺麗と言うより可愛いらしい花火だ。２人は互いに頬を緩ませて笑い合った。

「みなさん、ベータ版最後の記念撮影しましょー！　ＳＮＳに上げてもＯＫな人は中央噴水の前に集まってー！」

桜の一声に、プレイヤー達が噴水前に集まりだす。ツカサと和泉もそちらに向かった。

すると「うぉ……っ」と謎のどよめきが上がるが、桜がテキパキと「種人は小さいから前。砂人はその後ろねー」とツカサと和泉の場所を決定してくれる。

（テレビで見たことあるクラス写真みたいだ）

２列に並んだ光景に、ツカサは感動する。在校生２人の学校では、こんなふうに並んで撮るようなことをしたことがなかった。

プレイヤーそれぞれが思い思いに撮影をし始めたようだ。ツカサは撮り方がよくわからなかったが、近くにいた『嶋乃』というプレイヤーが、メニューにあるスクリーンショットと動画機能を丁寧にツカサと和泉に教えてくれた。

「もうすぐ0時だよー！　タイムラグ考慮してカウントダウン30秒からね」

「ほーい」

「おっけおっけ！」

「30……29……28……27……26……25……24……23……22……21……20……19……18……17……16……15……14……13……12……11……10……9……8……7……6……5……4……3……2……1……0!!　終末!!」

「世界の終わりじゃーー!!」

「滅《ほろ》んだーー！」

「正木ぃぃぃい!!」

「また次の世界で会おう！」

「ではでは！」

「正式版でまたねー！」

皆が好きなように叫ぶ。同時に花火を上げる人もいた。

次の瞬間、ふっと真っ暗になった。暗黒の世界の中、目の前にウェブブラウザが出る。

《メンテナンス作業のため、強制ログアウトされました》

ゲームを終了し、征司はＶＲマナ・トルマリンを外した。自室でほうっと息を吐き、そのままベッドに寝そべる。

（楽しかった）

ゲームを、ＶＲＭＭＯ『プラネット イントルーダー・ジ エンシェント』を始めて良かったと心の底から思いながらまぶたを閉じて、先ほどまでの広場での光景を反芻した。

（ちょっと喉渇《のどかわ》いたや。お水飲もう）

自室から廊下に出ると、リビングのドアのガラスから明かりが漏れている。両親の話し声が聞こえてきた。

「……町に服を。良かった、少し安心したよ」

「でも私達、本当に随分とわがままを言わない息子に甘え過ぎていたわ。小さい時から遊びにも連れていかないで、自分達の仕事ばかり優先して。今だってそう。――通信高校しか征司には選べなかったわ。そうさせたのは私達……あの子の将来を狭《せば》めたのよ。親失格だわ」

「ああ、もっと昔から外の経験や物を与えるべきだったな……。自分達が拒絶した都会の生活だって征司には――いや、それ以前の問題だ。知る機会を息子に与えなかったんだから」

「ええ……」

両親の気落ちする声音に怯《おび》えて、征司はそっと物音を立てずに部屋へ戻った。胸中にズキズキと痛みが走る。

（父さんと母さんのせいじゃないよ……）

しいて言うなら、臆病で引っ込み思案な自分のせいだと、征司は思う。町の高校に行かないと考えたのも決めたのも征司自身なのだから。

（父さんと母さんは何も悪くない。僕がわがままで……ごめんなさい）

気落ちしたせいか眠気が飛び、すぐには眠れなくなった。

なので、VRマナ・トルマリンを再び装着する。ホームへ行くと、満天の星空が綺麗だった。

滋が『遠征準備中』と称して夜中に生放送をしているのに気付く。キャリーバッグに衣服を詰め込みながら雑談をしている生放送に、おっかなびっくりに『大会、頑張ってください』と人生で初めてコメントをしてみた。

すると、滋が一瞬動きを止める。

即座に『?』『どうしたわんデン？』『わんデンさん？』と他の視聴者から訝《いぶか》るコメントが上がった。

『モチロンッ、これ着て頑張りますよ！』

滋が朝方買ったTシャツを指差しながら、カメラ目線でニカッと笑った。どうやら征司のコメントだと気付いたらしい。

事情を知らない視聴者からは『大会のスポンサー企業じゃないゲーム会社のTシャツで出るな！ｗｗｗ』『出禁になりそうｗ』『大会嵐の無限わんデン』『いっそ頑張らんでいい』『意表を突いて予選で負けろ』『応援なさ過ぎて草生える』『わんデンに求められているのは芸人要素なんだよなぁ』と賑やかなコメントがなされる。

視聴者の人達が自由に言いたい放題過ぎて、征司は笑ってしまった。いつの間にか落ちこんだ気持ちもどこかに消えて、明るい心境になれた。

——ＶＲ機器と初めてのＭＭＯ。２つの出会いによって、征司自身が新たな未来へ足を踏み出し始めていたが、本人はまだそのことに無自覚だった。

【01　オープンベータ版『プラネット イントルーダー・ジ エンシェント』再始動編〈終〉】

02

メンテナンス

The Tamer
of Fur and Feather
is Shy but Well Meditated.

前編　連休明けとパッチノート動画

5月7日、ゴールデンウィークの連休明け。蘆名征司は、朝食と身支度を終えて村の小さな学校に登校した。

教室には、既に小学2年生の北條カナが来ていた。今日のカナはツインテールの髪型に、征司と同じくTシャツとジャージのラフな格好である。Tシャツはお互い昨日買ったアニマルのもので、顔を見合わせて2人は笑顔になった。

「おはよう、セイちゃん！」

「カナちゃん、おはよう」

「きのうぶりだね。ねぇ、知ってる？　きょうはコンビニにサトちゃんいなかったんだよ。しばらくルスだってハリガミしてあったの」

「ゲームの大会に出場するんだって。深夜2時頃に出発したと思うよ」

「わあ！　それじゃあ、おみやげ楽しみだね」

征司とカナは始業時間まで、のんびりとノートに簡易版リバーシのようなルールの○×を書き合うゲームをしたり、絵を描き合って過ごす。

始業時間になると、担任の女性教師の仲村理世子が教室へとやってきた。

「おはようございます。出席を取りますね。蘆名さん？」

「はい」

「北條さん？」

「はい！」

「全員出席ですね。では授業を始めましょう」

征司は受験用の小論文のプリントを、カナは算数のワークブックを机の上に広げてそれぞれ勉強を始めた。理世子先生は、主にカナにつき添って計算の解き方を教える形だ。

「蘆名さん。今日は過去の試験問題から数学と漢字も勉強しておきましょうか。本当に簡単なものばかりですから、身構えなくても大丈夫ですよ」

理世子先生のお手製プリントを渡される。征司は受け取りながら、昨晩の両親の会話を思い出していた。それから、雨月と和泉の顔が頭の中に浮かぶ。

(外の人は、怖い存在じゃない。優しくて滋さんとも変わらなかったし、僕は普通に話せてた)

町の人も接してみれば意外と平気なのではないかと思えたのだ。

「先生。町の高校の試験は、これとどのくらい違うものなんですか？」

「え……？　蘆名さんそれって――」

理世子先生は言いかけた言葉を呑み込んで、慌てて「ちょ、ちょっと待っていてくださいね」と教室から出ていった。それからすぐにファイルと冊子を持って戻ってくる。

「これが町の公立高校の昨年の試験問題と面接内容ですよ」

（あ。すごく難しい……）

「町にはこの公立高校と、もう1つ私立の分校がありますけど、そちらは都会の子達の高校なので関係ないですね。町の高校は1つしかないので競争率が高く、町の子でも市外や県外の高校に行く子も多いんです」

「僕の学力じゃ、そもそも難しいんだ……」

征司の気落ちした呟きに、理世子先生は優しい声音で言う。

「良い機会だから、町の公立高校の試験問題を解けるようになるのを目安に勉強していきませんか？　通信高校でも、中学の勉強を基礎としてさらに勉強していくことになるので大事なことです」

「先生。僕、何がわからないのか自分でもよくわからなくって」

「じゃあ、わからなくなった最初がどこか、少しずつ探していきましょうか」


その日1日は、征司の学力把握に費やされた。結果、おぼろげにわかったことは、科目によって征司の学力にはバラつきがあることだ。小学校高学年からつまずいたものもあれば、中学1年生でわからなくなったものもある。中学3年の受験生としての学力に達しているのは、かろうじて英語と数学だけである。

古文と漢文が苦手なだけで、現代文や漢字の読み書きはそれなりにわかっている自負があった征司は、全然国語力が備わっていなかったことにショックを受けた。

理世子先生に「これは……先生の責任ね。ごめんなさい」と謝罪をされてしまったが、間違いなくこれまで理世子先生に「わかりました」と答えてワークブックを進めてきた征司の判断のせいである。

（その時に問題が解けたからって、ちゃんと理解して覚えられた訳じゃなかったんだ）

過去に正解した問題が、今見ると解けない。〝勉強〟というものは本当に難しいものなんだと感じた。


征司は学校が終わると、たくさんのテキストや参考書を手提げ鞄に詰め込んで家路につく。下校中、カナが重そうな鞄に「セイちゃん、半分もつよ」と気づかってくれたが、どう考えても小さなカナには負担が大きい重さだったので断った。

玄関に着くと、家の中にドサリと手提げ鞄を置き、ほっと安堵の息を吐く。

（重かった。腕がしびれた……）

ふらふらとしながら自室へ運び、手提げ鞄の中身をちゃんと仕分けして学習机の本立てに並べた。それから私服に着替え、リビングから飲み物を取ってきた後は、参考書を開きながらテキストに目を通してノートに問題を解き始めた。

最初からつまずきつつ、１ページの問題を解いて頭の中に覚え込むまで繰り返し解く。それだけでかなりの時間がかかった。参考書やテキストのページ数を考えると、今更やっても追いつける量じゃないという諦めも胸中で湧いた。

（でも、みんな勉強していることなんだ。少しでも追いつこう）

同じ場所に立てなくてもいい。後ろでもいいんだから、みんなの背中が見える場所に行きたい
――そんな前向きな気持ちを持って、征司は勉強をこなすことにした。

夕飯に呼ばれるまで勉強し、夕食中、征司は勉強量を増やし始めたことを両親には言わなかった。ネット通信高校を受けると言っていたのに、今更公立高校の受験勉強をするなんて意味がないことをしていると知られるのがなんとなく恥ずかしい気がしたのだ。

休憩がてら、ＶＲマナ・トルマリンを装着した。ホームの《新着のお知らせ》に、『「プラネットイントルーダー・オンライン」公式からのお知らせ。パッチノート動画が投稿されました』とあった。

（パッチノートってなんだろう？）

動画を開いて再生する。

『「プラネット イントルーダー・オンライン」公式から、５月10日にリリースの正式版ＶＲＭＭＯ『プラネット イントルーダー・オリジン』についてのアップデート情報のお知らせです』

ニュース番組のような体裁《ていさい》で、１人の白衣の男性が淡々と隣に表示される文章をカメラの方を見たままで読み上げていく。

男性は青みがかった褐色《かっしょく》の髪に、白っぽい黄色の瞳。肌は透き通るように青白く、幽霊じみた不可思議さを感じさせる容貌《ようぼう》だった。

（この人、誰だろう。流石に製作者の正木洋介さんじゃないよね。このためのバーチャルキャラクター？）

彼が話す内容は、ベータ版からどのように変わるかの話だった。征司は始めたばかりなので、変更点を言われても特にピンとこない。

関係があるとしたら、ステータスの「人種」という項目が「種族」に変更されること。プレイヤーキラーをキルするPKKの人が紫色のネームになること、新しいサーバーの設置だろうか。

正式版から新たな大陸と国、職業が追加されて世界が広くなるらしい。その大陸にハウジング領地というプレイヤーが領主になる土地が追加されるそうだ。

有料アイテムも実装され、キャラクタークリエイトをやり直すものと、サーバー移転をするもの、サブクエストを未クリア状態に戻すものなどがある。最後のは同じサブクエストを繰り返し戻すことは出来ないと注意の説明があった。

（やり直さないと取り返しがつかないようなサブクエストがあるのかな）

明日から2日間のアーリーアクセスが始まる。ベータ版の人達だけの先行ログイン期間だ。

征司がログインするのは夕食後、勉強をしてからになる。メインストーリーの続きも気になるし、早く和泉と一緒に遊びたいと思った。

後編　ゲーム内掲示板04（総合）

プラネットイントルーダー総合掲示板Ｐａｒｔ２５６

３１１：ルートさん［グランドスルト所属］　２ｘｘ１／05／07
ヒャッハー！　新鮮な昼休憩だァッ!!

３１２：マウストゥ☆さん［グランドスルト所属］　２ｘｘ１／05／07
世紀末モヒカンが頭よぎるからやめろや

３１３：ユキ姫さん［ネクロアイギス所属］　２ｘｘ１／05／07
アレ？　昨日の夜からまだ３００??
正式版出るのに全然盛り上がってないね？？？

３１４：からしさん［グランドスルト所属］　２ｘｘ１／05／07
もしもし？

今日平日なんですけどーw

315：猫丸さん［グランドスルト所属］　2xx1／05／07
平日に次スレいってたらそれはそれで問題やろ
昨日は昨日で最後の追い込み準備で皆忙しかったしな

316：からしさん［グランドスルト所属］　2xx1／05／07
俺は有給取ってるから……（震え声）

317：嶋乃さん［ネクロアイギス所属］　2xx1／05／07
何でメンテの今日取ってんだよwwww

318：からしさん［グランドスルト所属］　2xx1／05／07
アーリー期間に有給取れなかった;;
ミントには俺のことは置いていけって言ってある（血涙）

319：チョコさん［ネクロアイギス所属］　2xx1／05／07
（　・ω・　）

320：ルートさん［グランドスルト所属］　2xx1／05／07
オレ無理矢理バイト休みもぎ取ったったw
休み明けが怖えー！w

321：猫丸さん［グランドスルト所属］　2xx1／05／07
ワイは明日から風邪引く予定やで

322：Skyダークさん［グランドスルト所属］　2xx1／05／07
自主休講

323：よもぎもちさん［ルゲーティアス所属］　2xx1／05／07
忌引き予定

324：真珠さん［グランドスルト所属］　2xx1／05／07
サービス業なんで世間とズラして今日から連休

325：ジンさん［ルゲーティアス所属］　2xx1／05／07

→真の勝ち組

326：猫丸さん［グランドスルト所属］ 2xx1／05／07
勝ってるかは知らんがタイミングはバッチリやんけ
うらやま

327：ケイさん［ネクロアイギス所属］ 2xx1／05／07
お

328：ケイさん［ネクロアイギス所属］ 2xx1／05／07
メンテ中でも掲示板は使えるんだ

329：猫丸さん［グランドスルト所属］ 2xx1／05／07
せやで
つかお前久々やな

330：ケイさん［ネクロアイギス所属］ 2xx1／05／07
55ブラディス事件中に引退したからね

３３１：ジンさん［ルゲーティアス所属］　２ｘｘ１／05／07
引退宣言する奴は必ず復帰する法則

３３２：ケイさん［ネクロアイギス所属］　２ｘｘ１／05／07
だって私は青色ネームなのに、近接アタッカーってだけで害虫の如《ごと》く姫ちゃん達がＰＫ厨呼ばわりしてきたじゃん
掲示板でも肩身狭くて引退せざるをえなかった（´；ω；`）

３３３：まかろにさん［グランドスルト所属］　２ｘｘ１／05／07
おひさー

３３４：ケイさん［ネクロアイギス所属］　２ｘｘ１／05／07
お久しぶりです、色彩まかろん先生（＾ω＾）
画集買いました！　クロンのおっぱい最高!!

３３５：まかろにさん［グランドスルト所属］　２ｘｘ１／05／07
ありがとう～

３３６：からしさん［グランドスルト所属］　2xx1／05／07
ガタッ

３３７：ケイさん［ネクロアイギス所属］　2xx1／05／07
座りたまえ
別にクロンは露出《ろしゅつ》していない
いつも通りの服装のイラストだったよ

３３８：からしさん［グランドスルト所属］　2xx1／05／07
何だ……(´・ω・｀)

３３９：猫丸さん［グランドスルト所属］　2xx1／05／07
服着てる方がエロいやろ？

３４０：からしさん［グランドスルト所属］　2xx1／05／07
まだその境地に到達してないんで脱いでくれないと

341：嶋乃さん［ネクロアイギス所属］　2xx1/05/07
お前ら真っ昼間からやめーやwww
飯吹き出したわwwww

342：マウストゥ☆さん［グランドスルト所属］　2xx1/05/07
ソシャゲGODSのクロン、まかろにの仕事だったんか
どうりで珍しく奇乳キャラじゃないわけだ

343：からしさん［グランドスルト所属］　2xx1/05/07
さて、こうやって懐かしいのがちらほら顔出し始めたし
明日は一体何人のベータ勢が帰ってくんのかね

344：隻狼さん［グランドスルト所属］　2xx1/05/07
案外復帰組多そうだな　意外だわ

345：嶋乃さん［ネクロアイギス所属］　2xx1/05/07
ブラディスは運営から正式版リリースのメールが来たんで顔見せたって言ってたな

346：ケイさん［ネクロアイギス所属］　2xx1／05／07
ブラディスってあのブラディス？

347：猫丸さん［グランドスルト所属］　2xx1／05／07
あのPK事件の代名詞ブラディス本人やで

348：Skyダークさん［グランドスルト所属］　2xx1／05／07
昨日の深夜に来てた
過去ログ読んでこい

349：ケイさん［ネクロアイギス所属］　2xx1／05／07
逝《い》ってくるう！

350：くぅちゃんさん［ネクロアイギス所属］　2xx1／05／07
突然の死

351：よもぎもちさん［ルゲーティアス所属］　2xx1／05／07
草

352：マウストゥ☆さん［グランドスルト所属］　2xx1／05／07
しかしブラディスは名前が晒されて風評被害で広まってんのに、よく復帰する気になったな
俺なら2度とログインしない
もしくは消して新キャラ作り直す

353：からしさん［グランドスルト所属］　2xx1／05／07
1周回って吹っ切れたんじゃ

354：花さん［グランドスルト所属］　2xx1／05／07
キャラ作り直したら手持ちのテイムモンス消えるじゃん

355：嶋乃さん［ネクロアイギス所属］　2xx1／05／07
どうもプラネの秘儀導士が忘れられなかったようだな
移住先のCS8で魔獣使いやってたが、ずっとピンと来なくて最近は引退考えてたっつってたし

356：隻狼さん［グランドスルト所属］　2xx1／05／07
そりゃテイム制限3体で戦闘に出せるのは1体だけな古空8の魔獣使いと、ハウジングの土地さ

えあればテイム制限無しで普段から6体は引き連れられるプラネの秘儀導士じゃな

357：カフェインさん［ルゲーティアス所属］　2xx1／05／07
オンライン……ゲーム……？

358：マウストゥ☆さん［グランドスルト所属］　2xx1／05／07
秘儀導士のテイム自由度がバグってる
オフゲじゃねーんだぞコレ　頭おかしいわ

359：嶋乃さん［ネクロアイギス所属］　2xx1／05／07
プラネのリソース問題どうなってんだwww

360：くぅちゃんさん［ネクロアイギス所属］　2xx1／05／07
MMOの異端児プラネ

361：ジンさん［ルゲーティアス所属］　2xx1／05／07
結構夢のあるゲーム作ってるんだな正木って（前向き解釈）

３６２：隻狼さん［グランドスルト所属］　２ｘｘ１／05／07
それに古空８にはサバイバルゲージが無いし、物足りなくもなるだろ

３６３：ジンさん［ルゲーティアス所属］　２ｘｘ１／05／07
サバイバルゲージとは

３６４：隻狼さん［グランドスルト所属］　２ｘｘ１／05／07
秘儀導士にはフィールドで飢餓《きが》、水分、気温、出血量、病の特殊サバイバルゲージがある
もちろんテイムモンスにもな

３６５：Ａｉｒさん［ルゲーティアス所属］　２ｘｘ１／05／07
は？

３６６：陽炎さん［グランドスルト所属］　２ｘｘ１／05／07
⁉

３６７：マウストゥ☆さん［グランドスルト所属］　２ｘｘ１／05／07
何だソレ⁉　秘儀導士だけそんなゲージあんの⁉

別ゲーじゃねぇか!!ｗｗｗ

368：隻狼さん［グランドスルト所属］　2ｘｘ1／05／07
正木がテイマーの参考にしたゲームがポ◯モンとA◯K：SEなんで

369：ジンさん［ルゲーティアス所属］　2ｘｘ1／05／07
チョイス尖《とが》り過ぎてんよ

370：からしさん［グランドスルト所属］　2ｘｘ1／05／07
そもそもポ◯モンとAR◯：SEを混ぜようって発想にならないだろ

371：くぅちゃんさん［ネクロアイギス所属］　2ｘｘ1／05／07
正木の趣味趣向遍歴を味わえるプラネ

372：隻狼さん［グランドスルト所属］　2ｘｘ1／05／07
それに【騎乗】スキル取ると、テイムモンスに乗るためには鞍《くら》が必要になる
・革と裁縫《さいほう》で鞍が作れる→革細工師と裁縫師になる→革や草の材料が足りない→採集猟師で集める→完成

・大型モンスの鞍には鍛冶と甲冑《かっちゅう》と木工必要→鍛冶師と甲冑師と木工師になる→鉱物が足りない
→採掘師になって集める→完成
・鞍の完成品をゴージャスに装飾したい→彫金師と陶芸師になる→完成
・モンスのご飯を自分で作りたい→採集猟師と漁師で集める→調理師になる→ご飯完成
・体調が悪いモンスがいる→薬を作るために錬金術師になる→病を治す
・モンスの標本作りたい→民芸師になる

秘儀導士は沼

373：ジンさん［ルゲーティアス所属］　2xx1／05／07
ひと通りの採集職と生産職を極められそうですね……

374：よもぎもちさん［ルゲーティアス所属］　2xx1／05／07
草

375：花さん［グランドスルト所属］　2xx1／05／07
まぁ、楽しいよw

376：マウストゥ☆さん［グランドスルト所属］ 2xx1／05／07
秘儀導士面白そうだからメンテ終わったらやるわwww
ヤバいwww

377：隻狼さん［グランドスルト所属］ 2xx1／05／07
待て早まるな
今はハウジングの土地が余ってない
テイム牧場造れんぞ

378：マウストゥ☆さん［グランドスルト所属］ 2xx1／05／07
そういやPK集団がテイムモンスの避難先潰しに土地を買い漁ったんだっけか
おかげで生産も店と工場が持てなくて涙目

379：猫丸さん［グランドスルト所属］ 2xx1／05／07
正木、あいつらの土地没収してくれんかな

380：からしさん［グランドスルト所属］ 2xx1／05／07
垢BANした奴の土地ならともかく、一方的にグレーの奴らから取り上げるのは無理じゃないか

プラネは他のゲームみたいに、一定期間ログインしなきゃ土地没収するって仕様じゃないしな

381：Ｓｋｙダークさん［グランドスルト所属］　２ｘｘ１／05／07
正木の主張は「帰る場所がゲーム都合で勝手に無くなるのは不具合でしかない」だからな

382：嶋乃さん［ネクロアイギス所属］　２ｘｘ１／05／07
そのこだわり、現状ブラディス事件のＰＫ共に土地占領されたままになってるんで微妙

383：くぅちゃんさん［ネクロアイギス所属］　２ｘｘ１／05／07
正木じゃないが、正式版では新規だけ増えて欲しい件
事件中にＰＫやってた古参はぶっちゃけいらねぇ……

384：隻狼さん［グランドスルト所属］　２ｘｘ１／05／07
害悪ＰＫ勢はマジ産廃

385：からしさん［グランドスルト所属］　２ｘｘ１／05／07
正木がどれだけ当時の奴らを垢ＢＡＮしてるかにもよる

386：ジンさん［ルゲーティアス所属］　2xx1／05／07
覇王がいまだに垢BANされてないからな（白目）

387：猫丸さん［グランドスルト所属］　2xx1／05／07
なんでや！　覇王の辻斬り巡回で俺ら平和になっとるやろうがい！
取り逃げガーリックスも斬られてからログインしとらんやろ!!

388：ジンさん［ルゲーティアス所属］　2xx1／05／07
覇王は恐怖による一種の規律発生装置

389：くぅちゃんさん［ネクロアイギス所属］　2xx1／05／07
当時のPK共がデスペナ修正を知らないでイキって覇王に喧嘩売りそうな件

390：ジンさん［ルゲーティアス所属］　2xx1／05／07
それは酒が美味い案件では

391：ケイさん［ネクロアイギス所属］　2xx1／05／07
覇王？

392：からしさん［グランドスルト所属］　2xx1／05／07
→ここにすでに知らない復帰勢が

393：隻狼さん［グランドスルト所属］　2xx1／05／07
プレイヤー名：雨月／二刀流剣士
GM監獄から脱獄したトンデモPK&PKK、通称『覇王』
毎日プレイヤーを辻斬りするために各都市周辺を徘徊している廃人
ブラディス事件後、仕様修正のために全プレイヤーが一時的に監獄にいれられた時期があったん
だが、その時に監獄内にインしてた全プレイヤーに流れたアナウンスがこれ←
《プレイヤー名「雨月」が脱獄に成功しました。
修正終了前に脱獄したため、「雨月」が脱獄によって取得した武器にはデスペナルティの下方修
正が適用されません。「雨月」が【脱獄覇王】の烙印《らくいん》を押されました》
>>SS（当時のアナウンスログ）
覇王の武器は相手のレベルダウンと全装備品ランダム破壊&装備とアイテムと金の強奪という旧
来仕様
赤ネームは問答無用で、黄色ネームもついでに、青色ネームでも気まぐれに辻斬りしてくるから
目が合ったら基本全力で逃げろ

巡回時間　00：00～08：00　グランドスルト周辺
　　　　　08：00～16：00　ネクロアイギス周辺
　　　　　16：00～24：00　ルゲーティアス周辺

394：ケイさん［ネクロアイギス所属］　2xx1／05／07
プラネのゲームマスターの監獄って脱獄出来る仕様なのか……？　そっちの方に驚くんだが
普通あそこって隔離された別空間だよな？

395：猫丸さん［グランドスルト所属］　2xx1／05／07
わからん

396：からしさん［グランドスルト所属］　2xx1／05／07
その疑問に答えられる奴はいない
俺らの知る限り、覇王以外に脱獄した奴なんていないんで覇王に聞け

397：Skyダークさん［グランドスルト所属］　2xx1／05／07
近付いたら斬られるけどな

398：ルートさん［グランドスルト所属］ 2xx1／05／07
目が合っても斬られる

399：ケイさん［ネクロアイギス所属］ 2xx1／05／07
永久に聞けないじゃん(｀・ω・´)

400：ジンさん［ルゲーティアス所属］ 2xx1／05／07
ワロタ

401：ムササビXさん［ネクロアイギス所属］ 2xx1／05／07
【速報】公式サイトでパッチノート動画公開【キターッ！】

402：ユキ姫さん［ネクロアイギス所属］ 2xx1／05／07
動画⁇

403：隻狼さん［グランドスルト所属］ 2xx1／05／07
パッチノートを出してくれるとしても公式サイトで記事出すだけだと思ってた

404：嶋乃さん［ネクロアイギス所属］　2xx1/05/07
随分手が込んでんのな

405：ケイさん［ネクロアイギス所属］　2xx1/05/07
ニュース番組かな？w　誰が喋ってんだろこれ

406：猫丸さん［グランドスルト所属］　2xx1/05/07
見覚えがあるな

407：花さん［グランドスルト所属］　2xx1/05/07
タイムマ死ン博士……？

408：マウストゥ☆さん［グランドスルト所属］　2xx1/05/07
あ！　いつも鍛冶クエ中にセピア色の回想で出てくる人か！

409：ジンさん［ルゲーティアス所属］　2xx1/05/07
世界観ェ……

410：からしさん［グランドスルト所属］ 2xx1／05／07
シーラカン博士じゃねーか！
重要ゲームキャラにメタいことさせんなよ

411：嶋乃さん［ネクロアイギス所属］ 2xx1／05／07
俺知らんのだけど、重要キャラなの？

412：隻狼さん［グランドスルト所属］ 2xx1／05／07
シーラカン博士は地上に残ってた最後の海人
クラッシュとかいう偽物じゃなくてガチ本物の海人設定
プレイヤーの唯一の同胞だったが、ニアミスして死んだドジっ子博士
グランドスルトに所属してると、たまに入る過去の歴史回想で登場する
他国所属の奴は生産で鍛冶やるとその回想見られるぞ

413：嶋乃さん［ネクロアイギス所属］ 2xx1／05／07
プレイヤーの正体が海人なのは確定なんだっけか

414：Ｓｋｙダークさん［グランドスルト所属］ 2xx1／05／07
キャラクリで海人だけ擬態出来ないからな

415：マウストゥ☆さん［グランドスルト所属］ 2xx1／05／07
だめだ
次にシーラカン博士の回想見たら、絶対この動画が頭よぎる自信あるわ

416：からしさん［グランドスルト所属］ 2xx1／05／07
これからタイムマ死ン博士ではなくパチノ博士と呼ばれるのか……

417：マウストゥ☆さん［グランドスルト所属］ 2xx1／05／07
おい　やめろ

418：猫丸さん［グランドスルト所属］ 2xx1／05／07
動画の内容、誰か箇条書きしてくれ
なんか頭に入らん

419：隻狼さん［グランドスルト所属］ 2xx1／05／07

〈修正〉
・チュートリアル前後の強制的な解説表示の撤廃《てっぱい》（始めからオフ仕様に）
・ステータス「人種」↓「種族」に変更
・職業名「体術士」↓「七方出士《しちほうでし》」に変更
・PKプレイヤー及び罰則期間を終えて無害化したプレイヤーを紫ネームに変更
・レベル50↓100まで解禁

〈追加〉
・新大陸の国家「ネルグ」「トゥルーホーリー帝国」
・新たなハウジング領地（プレイヤーが領主？）
・新職業【タンク】舞踏家、【近接】刀剣家、【レンジ】銃魔士、【ヒーラー】技療師使い、【生産】絵師、【採集】園芸師
・新サーバー「アウタースペース」5月10日より稼働
・5月末に戦争イベント開催予定（参加条件有り）

〈有料アイテム実装〉
・ゲーム内で性別を自由に変更出来る機能3000円
・キャラクターの容姿再クリエイト5000円

・クリア済みサブクエストを１度だけ未クリアに戻す権利８０００円
・サーバー移転サービス９０００円（※初回のみ無料）

４２０：隻狼さん［グランドスルト所属］ ２ｘｘ１／05／07
書いててげんなりした　有料アイテムがゲーム本体より高いんだが……
いや、待望の性別変更機能はありがたいんだけどな

４２１：猫丸さん［グランドスルト所属］ ２ｘｘ１／05／07
金額の高さに正木の本当はやりたくない感がにじみ出とるな
＞＞解説表示の撤廃↑改悪やろｗｗｗｗ

４２２：ジンさん［ルゲーティアス所属］ ２ｘｘ１／05／07
説明読むのがだるくて飛ばす勢が圧倒的に多かったんだと思われ

４２３：嶋乃さん［ネクロアイギス所属］ ２ｘｘ１／05／07
目の前に表示されるのが撤廃になるだけで、説明自体はメニュー開けば載ってるならまぁ有りっちゃ有り
クエストの種類の意味がわからないで路頭に迷う新規いそうだけど

424：猫丸さん［グランドスルト所属］　2xx1／05／07
ハウジング領地とやら追加で土地問題を解決か
結局土地は没収せんと増やす方向なんやな

425：まかろにさん［グランドスルト所属］　2xx1／05／07
もっとハウジングの詳細は知りたいなぁ

426：カフェインさん［ルゲーティアス所属］　2xx1／05／07
生産職のある意味エンドコンテンツ、ハウジング
俺らが知りたいこと流しまくるなパチノ博士

427：マウストゥ☆さん［グランドスルト所属］　2xx1／05／07
その呼び方定着させようとすんな

428：ジンさん［ルゲーティアス所属］　2xx1／05／07
新職業増えすぎィ！　サブ戦闘職業の枠は2つだけなのにィッ！

429：嶋乃さん［ネクロアイギス所属］　2xx1／05／07
銃魔士やりたい

430：花さん［グランドスルト所属］　2xx1／05／07
新しい採集職業の園芸師って何なん
採集猟師が木や野草キノコ取る園芸ポジじゃなかったのん？

431：猫丸さん［グランドスルト所属］　2xx1／05／07
わからんが造園とか農業系やないか？
採集猟師はそっち方面やないからな

432：くぅちゃんさん［ネクロアイギス所属］　2xx1／05／07
ややこしいんだが正木？

433：ケイさん［ネクロアイギス所属］　2xx1／05／07
＞＞職業名「体術士」↓「七方出士」に変更
ややこしいと言えばこれ
確かに体術士って格闘士と被っていてわかりにくかったけど、今度は読めない

434：隻狼さん［グランドスルト所属］　2xx1／05／07
またマイナーな呼称を採用したんだな
七方出は「しちほうで」と読んで変装した草の者のこと
つまりは忍者

435：ケイさん［ネクロアイギス所属］　2xx1／05／07
じゃあ忍者に職業名変更してよ！　これ新規も古参もわかんないよ!!（｀；ω；´）

436：マウストゥ☆さん［グランドスルト所属］　2xx1／05／07
正木のドヤ顔が目に浮かぶ

437：Airさん［ルゲーティアス所属］　2xx1／05／07
イキリやがって調子に乗ってんじゃねぇぞクソ野郎

438：嶋乃さん［ネクロアイギス所属］　2xx1／05／07
名称の変更でここまで言われんのかwwww

439：猫丸さん［グランドスルト所属］　2xx1／05／07
おざなりだった物理職の名称変更もやるんやな
二刀流剣士は変えなくていいんか

440：Skyダークさん［グランドスルト所属］　2xx1／05／07
まぁ、初期はちゃんと双剣使いスタートだからな
最終的には両刀捨てて、長剣と中距離クロスボウの覇王スタイルで落ち着く
新職業の銃も持てるなら撃ちたい

441：カフェインさん［ルゲーティアス所属］　2xx1／05／07
最強の構成、覇王テンプレ

442：マウストゥ☆さん［グランドスルト所属］　2xx1／05／07
俺は両手同時に使う職は無理だわ
頭こんがらがって死ぬ

443：花さん［グランドスルト所属］　2xx1／05／07
物理職の名称が適当なのはデフォ

正木はヒーラーとキャスター系以外マジで興味ないからね

444：嶋乃さん［ネクロアイギス所属］　2xx1／05／07
正木が無頓着《むとんちゃく》なおかげで不遇職もなく自由度が高いタンク&近接&遠隔物理アタッカー陣

445：マウストゥ☆さん［グランドスルト所属］　2xx1／05／07
正木は好きな職にはどうしてもひと手間加えなきゃ気がすまんタチらしいからな

446：猫丸さん［グランドスルト所属］　2xx1／05／07
そのひと手間のこだわりの1つが鳥やモンスのリアルな死体グラになるんか
完全にサイコパスやんけ

447：嶋乃さん［ネクロアイギス所属］　2xx1／05／07
騎士と守護騎士は被りで適当命名だが、タンクには少し愛情かけてる気がしなくもない
新実装名的に＼/＼/舞踏家

448：花さん［グランドスルト所属］　2xx1／05／07
正木寵愛《ちょうあい》のヒーラー様パートナーだから多少はね？

４４９：アリカさん［ルゲーティアス所属］　２ｘｘ１／05／07
正木の寵愛なんてクソ
神鳥獣使いの惨状《さんじょう》を見ろ
正式版で調整しない気かよ、くたばれ

４５０：くぅちゃんさん［ネクロアイギス所属］　２ｘｘ１／05／07
不憫《ふびん》萌えなのか正木？

４５１：カフェインさん［ルゲーティアス所属］　２ｘｘ１／05／07
そもそもタンクの名称が被っている理由は、パライソが被せたって世界設定があるんだよナァ∨
騎士と守護騎士

４５２：嶋乃さん［ネクロアイギス所属］　２ｘｘ１／05／07
それ初めて聞いた
ルゲのメインクエか？

４５３：カフェインさん［ルゲーティアス所属］　２ｘｘ１／05／07

メイン「大魔導の胎動《たいどう》」クエだな
ルゲーティアス公国建国時に、ネクロアイギス王国の「騎士」に被せて「守護騎士」の名称にした貴族の正体がパライソ

454：パライソさん「ル※◎」▲■※所属」　2xx1／05／07
ルゲじゃないだろう。ルゲーティアスと呼ぶんだよ

455：嶋乃さん「ネクロアイギス所属」　2xx1／05／07
アッハイ

456：カフェインさん「ルゲーティアス所属」　2xx1／05／07
NPCなりきり寒イボ

457：からしさん「グランドスルト所属」　2xx1／05／07
バグ奴が出てくるからルゲーティアスの国名は短縮するなとあれほどry

458：Airさん「ルゲーティアス所属」　2xx1／05／07
＞＞偽パライソ

消えろカス

459：ケイさん［ネクロアイギス所属］　2xx1／05／07
へぇ、いまだに出るんだこの人
みんな塩対応がスムーズだな（・ω・）

460：カフェインさん［ルゲーティアス所属］　2xx1／05／07
世界設定と言えば「人種」↓「種族」の修正

461：嶋乃さん［ネクロアイギス所属］　2xx1／05／07
これはいつか来るんじゃないかってヒヤヒヤしてたやつ
俺なんかは言葉狩りだと思うんだが、「人種」って単語に対してナーバスなキチがいて運営の連絡フォームに突撃したっぽい話はベータ初期に出てたからな

462：からしさん［グランドスルト所属］　2xx1／05／07
人種差別を連想させるどうたらか

463：くうちゃんさん［ネクロアイギス所属］　2xx1／05／07

突然世情を気にする正木
現実のガチクレーマー怖いもんな

464：ケイさん［ネクロアイギス所属］　2xx1／05／07
あー……

465：隻狼さん［グランドスルト所属］　2xx1／05／07
おかげで最初から掲示されているプラネの惑星設定が見えなくなる訳だが

466：ケイさん［ネクロアイギス所属］　2xx1／05／07
掲示されている設定？

467：隻狼さん［グランドスルト所属］　2xx1／05／07
「人種」ひっくり返すと「種人」
プラネの惑星の人間（原住民）は本来種人だけという設定
他の人種は惑星の外から来た海人由来の外来種もしくは亜種って世界観の考察されてる

468：ケイさん［ネクロアイギス所属］　2xx1／05／07

!?(゜ω゜)

469：嶋乃さん［ネクロアイギス所属］ 2xx1／05／07
プラネってプレイヤーが海人に擬態出来ない設定といい、単純にキャラクリで全部情報出してるんだよな

470：ジンさん［ルゲーティアス所属］ 2xx1／05／07
店主の考察が捗《はかど》るな（）

471：花さん［グランドスルト所属］ 2xx1／05／07
その世界観考察、店主発祥なん？

472：猫丸さん［グランドスルト所属］ 2xx1／05／07
せやで
古代の建物や地層から各人種年表作って歴史の空白まで発見した
裏付け調査もバッチリや

473：隻狼さん［グランドスルト所属］ 2xx1／05／07

あの人も大概検証廃人だよな

474：花さん［グランドスルト所属］　2xx1／05／07
店主、すぐ考察して正木のネタ潰すんだから……w

475：嶋乃さん［ネクロアイギス所属］　2xx1／05／07
五国メインクエスト（※三国しかない）が、新大陸の国追加でやっと名実ともに五国になるんだなぁ
それも感慨《かんがい》深い

476：Airさん［ルゲーティアス所属］　2xx1／05／07
＞＞新サーバー「アウタースペース」5月10日より稼働
何故分散させる

477：くぅちゃんさん［ネクロアイギス所属］　2xx1／05／07
正木の中では過疎ってない模様

478：ジンさん［ルゲーティアス所属］　2xx1／05／07

一体何の数字が見えているんだ（戦慄）

479：嶋乃さん［ネクロアイギス所属］　2xx1／05／07
そこまでしてベータ勢を隔離したいかwww

480：ルートさん［グランドスルト所属］　2xx1／05／07
オレ明日から紫ネーム！　スゲー楽しみだぜー！

【02　メンテナンス〈終〉】

03

先行アーリーアクセス2日間編

The Tamer
of Fur and Feather
is Shy but Well Meditated.

第1話　第2次ＰＫ騒動は唐突に〈和泉視点〉

5月8日。日付が変わった瞬間、事前にアップロードされたＶＲＭＭＯ『プラネット イントルーダー・オリジン』を起動した。

《現在「インナースペース」サーバーのログインが混み合っています。少々お待ちください。あなたの他に58人待機しています》

（おぉぉ……58人！　多くても常時接続30人ぐらいだって話だったのに増えてる！）

和泉は感動した。休止していて戻ってきた人がいるのだろう。オンラインゲームなのだ。人が多いに越したことはない――は和泉の兄の受け売りだが。

少しの待機時間の後、暗転してネクロアイギス王国の中央広場に出た。ベータ版最後に他のプレイヤーと一緒にログアウトした場所だ。そこに今は和泉以外いない。ツカサもログインしていないようだ。

（寝てる、かな。ツカサ君、学生だよね多分。高校生――……でもあんなにおっとりしていて気遣い出来る男子高校生っているのかな……？）

和泉の脳裏で高校時代の記憶がよぎる。しかしよくよく考えると、教室でも事務的なこと以外で男子とはあまり話をしたことがない。結局のところ比較する男子も知らないため、わからないという結論に至った。

（ツカサ君は結構性別も不詳気味だよね。声は女性声優さんが出す男の子みたいな声……かな。でも「僕」って一人称だし、仕草は女の子っぽくないもんね。判断は難しいけど、男の子――だといいなぁ、なんて……）

声が地声なのは知っている。とあるプレイヤーが、ゲーム内の総合掲示板に書き込んだ、ツカサの声についての情報を目にしたからだ。

メンテナンス中に《総合掲示板》の過去ログをがっつりと読みこんだ和泉である。

ゲーム内の《総合掲示板》を読んだきっかけは、初めて組んだパーティーでヘマをして晒されたと知ったからだった。後々恐る恐るチェックをした掲示板は、和泉の考えていたようなドギツイものではなく、攻撃的ではあるが拍子抜けするほどあっさりとしたものだった。

――なんだ、この程度なんだ。

本当のSNSでの炎上の酷さを知る和泉は、とてもほっとしたのである。

《総合掲示板》では、ツカサのフレンドの雨月が有名なプレイヤーで、必然的にツカサの名前も挙がっていた。ツカサと一緒に居ると悪目立ちしてしまうが、このゲームの掲示板の晒され具合なら晒されても案外平気だなと和泉は思えたし、何よりツカサと一緒に遊びたいので気にしないことにしている。

ツカサに優しく話しかけられるたびに、リアルの事情で精神的に弱っていた和泉は、ぽかぽかと胸中があたたかくなった。和泉はおそらくリアルの事情を気兼ねせずに、ずっと誰かと普通に会話がしたかったのだ。ツカサとの会話は癒やされる。それに心底嬉しく思う。

（さてと、メインは……まぁ、ほどほどに。あんまりツカサ君とレベル差が開いても嫌だからサブ職業やろう）

和泉はステータスを操作して採集猟師に職を変える。

採集猟師はネクロアイギス王国でなれる採集職業だ。先日ツカサのログインを待っている合間に、ギルドに入ったのである。

それから和泉はネクロアイギス王国周辺の森へとわけ入って、野草やキノコ採取を始めた。採集猟師でないと取れない素材というものもある。それが狙い目だ。

（ちゃんとお金稼がないと。ツカサ君はもっとお金持ってるんだし、足を引っ張らないようにしなきゃ）

限定特殊クエストを一緒に受けられなかったことを悔やんでもいた。今後もそんなことがないように足並みを揃えられるようにしたいと考えている。

それに和泉のメイン職業のタンクは、ＨＰの増量と防御力に関わる装備をきっちりとレベルごとに適切なものへと買い換えていかなければ〝柔らかタンク〟〝地雷タンク〟と認識されてしまうのだ。装備の更新にお金がかかる職業でもある。

現在購入を考えているのは露店の屋台で売られていたレベル5以上が装備条件の甲冑装備である。お値段3000G。

和泉はダンジョン報酬で20万Gを持ってはいるが、このお金に手をつけるのは先々のことを考えるとためらわれ、採集猟師の採集品をマーケットやNPCの店で売って3000Gを稼ぐことにしたのだった。

生産職業の方で稼ぐことも考えたが、そちらは何やら難しく、しかも始める際に元手の資金が必要なのでそれこそ本末転倒だと思い、断念した。

それに採集職業で稼ぐというのは1日中ログインしていられる和泉に向いている。

リアルの和泉は会社をクビになったばかり。しかもマンションの一室から出られない日々が続いている。

通販を利用すれば、宅配者に「どの部屋に届けられたんですか？」とマンションの入り口で尋ねるカメラを持った男性2人の姿をベランダから目撃したりしたので、通販すら普通に使うのが怖い。今では通販購入商品はまず兄の方に送り、兄に直接部屋まで届けてもらっている。

兄には感謝しているが、2言目には「兄か姉が欲しかった。面倒見なきゃ俺が怒られる下の弟妹なんてマジでいらなかった！」とぼやき倒すので、どうにもお礼を言う気になれない。

元々、兄の家庭内での評価は最も低い。外面がいいので、人並みの容姿ながらも他人に好印象を持たれる爽やか雰囲気イケメンなのだが、内面を知る家族にとっては違う。

——重傷のアニメ隠れオタク。重症ではない、重傷である。それが和泉の兄だ。

その昔、成人指定の同人誌を年齢的に買えないからと言って、勝手に父親の名義で通販を利用するような前科を持つ輩《やから》なのである。食卓で何が入っているのかわからず、母親と和泉とともに開封してしまった父親の、今まで見たこともないような表情がいまだに脳裏にこびりついて離れない。外ではオタクを完璧に隠している癖に、家族に対してはオープンで鋼の心臓を持つ兄は、父親に怒られて次に取った手段が母親の名義を使うという反省の欠片もないものだった。

本当に恥じらいもなく重傷である。重症でも節度を持った方々を見習ってほしい。隠れオタクならば、もっと内に籠《こも》って忍ぶべきだと思う。


無意識に採集を黙々としていたらしく、インベントリの所持品がいっぱいになっていた。

(街に戻ろう)

かなりの長時間、採集作業に没頭していたようでリアルの時計は3時30分になっていた。人によっては起き出す時間帯だろう。

ネクロアイギス王国の城門を目指して、街道を歩く。

不意に、背後に気配を感じた——と思ったら、視界はすでに黒く暗転し、気付けばネクロアイギス王国の採集猟師ギルドの衛星信号機という名前の転送装置の部屋にいた。

とっさに何が起こったのかわからず、ぼうっとする。

(……ひょっとしてこれってＰＫ……？)

次いでバサバサバサッと鳥が飛び立つ羽音のＳＥが頭上で鳴った。

《プレイヤー『リリ♪リッパー』に殺害されました。採集職業中のため、デスペナルティはありません。

暗殺組織ギルド『ネクロラトリーガーディアン』に『リリ♪リッパー』の暗殺依頼がなされました》

アナウンスにほっと一息つく。和泉に損害はない。むしろ街まで戻る道中のショートカットになったぐらいだ。

（嫌がらせのつもりだったんだろうか……？　それともデスペナルティが無くなったのを知らないのかな）

もし嫌がらせだとしたら、随分リスキーな行為だ。現在の『プラネット イントルーダー・オリジン』では、暗殺依頼に発展したPKはアカウント停止処分の対象になっているのである。規約も改定され、5・5ブラディス事件以降、採集と生産の非戦闘職業中プレイヤーのPK行為は公式の見解として悪質な嫌がらせと見なし、一切認めない方針になった。

和泉は借家に戻ってマーケットに採集物を出品し終わると、一旦ログアウトして就寝した。

その後、起きてお風呂に入り、ご飯を食べてから兄からの連絡が無かったかを確認した。再びログインすると、運営からのお知らせのブラウザが目の前いっぱいに表示されていてびっくりする。

《本日5月8日18：00より各メイン職業ギルドでアーリーアクセス特典をお渡しいたします。ギルド内で待機していてください》

（夕方6時かぁ……人によっては夕食時だよね。ツカサ君、ログイン出来るのかな）

ツカサのことを思いながら、今度は近くの平原に行き、再び採集に精を出す。人によってはスタートダッシュで新職業を触ったり、レベル上げやクエストを進めているだろう時分に、和泉はマイペースに素材を集めた。

その後、借家に戻るとマーケットの出品物も全て売れており、ついに3000Gを稼ぐ。和泉のように戦闘をせずに生産職業に邁進《まいしん》しているプレイヤーがいるかと思うと、ほっこりして頬も緩んだ。

（戦闘だけがゲームじゃないよねー！）

購入した甲冑を装備出来るようになるため、レベル5を目指してフィールドでモグラのモンスターを狩る。騎士になってからはPKが怖かったので周囲を警戒した。

結果的にはPKをするプレイヤーには出くわさずにすんだ。

代わりに、雨月と遭遇した。

思いがけず目が合って、和泉は軽く雨月に会釈をする。雨月も会釈を返してくれて、そして去っていった。

フレンドのフレンドは、フレンドという訳ではない。雨月と和泉の間には少々距離感がある。ツカサがいるからこそ会話が出来る感じの仲だ。

ちなみに、黄金ネームの雨月はブロックリストに入れられない。実はこっそり試して知っている和泉である。

しかも黄金ネームは、生産・採集職業中の赤色ネームのキルがアカウント停止処分の対象外らしく、赤色ネームのプレイヤーは回避方法が潰されて恐ろしいだろうなと他人事ながら思う。

ただ、過去の《総合掲示板》を流し読みしたところ、雨月が生産・採集職業中でもキルしていたプレイヤーは1人しかいない。神鳥獣使いを多く引退させていた有名PKだったそうだ。

(あ、そっか。今の時間が平和なのは雨月さんがこの辺りにいるからだ)

どうやらPKがいない原因は雨月だったようだ。雨月に感謝しつつ、レベル上げが終われば、また採集猟師になる。

黙々と続ける採集作業が、案外和泉は好きだ。目標額を達成した後も採集に没頭した。


新しい装備に身を包み、うきうきしながら騎士ギルドで18時を待つ。他にもそわそわしながら待つプレイヤーが数人ギルド内にはいた。思っていたより、プレイヤーが少なくて首を傾げる。

(騎士のタンクをやっている人は少ない?)

和泉はひっそりと、ツカサのログイン状況を確認して肩を落とした。ツカサはログインしていない。自分だけ特典を貰うことになりそうなのがなんとなく後ろめたかった。

――18時。騎士ギルドの受付の男性が奥の部屋から沢山の袋を詰んだ台車を引いてきた。

「今ここにいらっしゃる方々に、特別な報酬をお渡しするように承っております。どうぞお受け取りください」

「おぉっ」

みんな顔をほころばせ、喜んで袋を受け取った。貰ったプレイヤーの1人がギルドから出ようとした時、「待て！」と鋭い制止の声が別のプレイヤーから上がる。

「《総合掲示板》……見てから移動先考えた方がいいぞ……」

声を上げたプレイヤーは顔面蒼白《そうはく》でそんなことを言う。その場にいる全員がメニューを開いて掲示板をチェックし始めた。

状況を知った和泉も、思わず青くなる。

《総合掲示板》は、再び起こったＰＫ騒動に阿鼻叫喚《あびきょうかん》だった。

第2話　ゲーム内掲示板05（総合）

プラネットイントルーダー総合掲示板Ｐａｒｔ２５７

０：正木洋介代理運営ＡＩ
この総合掲示板は、全ての職業のプレイヤーが読めて書き込める掲示板です。

１０００まで書き込まれると、自動的に次の掲示板が生成されます。

過去の掲示板は《過去の書庫倉庫》から閲覧してください。

当ゲーム製作者・正木洋介は言論の自由を認め、ある程度の暴言や差別的用語の使用を許容します。

ただし、この独自言論マナーを掲示板外部へ持ち出すことは固く禁じます。また、許容を超える悪質なものは法的手段を執らせていただきます。

１：隻狼さん［グランドスルト所属］　２ｘ１／05／08
暫定テンプレ
・ＰＫのデスペナは下方修正済み。旨みはアクセのみ
・採集、生産職業中をＰＫすると、運営に暗殺される上にアカウント停止処分になる可能性大。

ＰＫするなら改訂された規約を読め、逆ギレすんな
・ＰＫＫのみ、または運営に許された奴は紫ネーム化
・プレイヤー覇王（雨月）は初期デスペナを与える武器所有。見たら逃げろ

２：カフェインさん［ルゲーティアス所属］　２ｘｘ１／05／08
運営に暗殺されるとかいうパワーワード

３：よもぎもちさん［ルゲーティアス所属］　２ｘｘ１／05／08
＞＞プレイヤー覇王（雨月）
覇王の方がプレイヤー名っぽいの草

４：嶋乃さん［ネクロアイギス所属］　２ｘｘ１／05／08
覇王の巡回時間は書かないのか？

５：隻狼さん［グランドスルト所属］　２ｘｘ１／05／08
正式版に変わったし、リア友もいるしで、覇王普通にゲームで遊ぶかもしれん
巡回が無くなる可能性があるんで書かなかった

6：Ｓｋｙダークさん［グランドスルト所属］　2ｘｘ1／05／08
レベル100になるまでしばらく巡回しないんじゃね
返り討ちに遭ったら格好つかねぇだろ

7：ジンさん［ルゲーティアス所属］　2ｘｘ1／05／08
新大陸、広過ぎワロタ
地図で見ても俺ら3国の大陸の10倍はあるじゃねぇかよ

8：花さん［グランドスルト所属］　2ｘｘ1／05／08
これが未開拓の土地とか信じられない
本当に先住民いないのん？

9：猫丸さん［グランドスルト所属］　2ｘｘ1／05／08
お前らはっや！
もうメイン進めて新大陸行ってんのか
ワイまだギルドクエ中やぞ

10：花さん［グランドスルト所属］　2ｘｘ1／05／08

これ、メイン派生の先発隊サブクエだよ
5月末までの時限式らしい
多分5月末にやるってパチノ博士が言ってた戦争イベントが終わったら無くなる

11：陸奥さん［グランドスルト所属］　2xx1／05／08
新大陸に新職業に就く場所あったかい？

12：花さん［グランドスルト所属］　2xx1／05／08
陸奥さん！
今のところ見つからないです

13：陸奥さん［グランドスルト所属］　2xx1／05／08
そうか
新職業どこで就けるんだろう

14：くぅちゃんさん［ネクロアイギス所属］　2xx1／05／08
まぁ、新職業の字面だけ見るとソロで有用そうなラインナップじゃなかった件

15：嶋乃さん［ネクロアイギス所属］　2xx1／05／08
舞踏家、刀剣家、銃魔士、技療師使い
ソロ廃人的にはどれが気になってんの？

16：陸奥さん［グランドスルト所属］　2xx1／05／08
銃魔士かな
逃げ回りながらの攻撃で、弓術士と比較してどちらが有益か知りたい

17：ムササビXさん［ネクロアイギス所属］　2xx1／05／08
【悲報】ブラディス事件のPK軍団の主犯格ども確認【垢BANされていない】
＞＞SS（ルゲーティアスのハウジングから数人出てきている場面）

18：チョコさん［ネクロアイギス所属］　2xx1／05／08
（｀・ω・´）

19：ケイさん［ネクロアイギス所属］　2xx1／05／08
私しばらくホームの街から出ない

20：Ｓｋｙダークさん［グランドスルト所属］　２ｘｘ１／05／08
わざとあいつらの前を生産職業でうろついてやろうか

21：ブラディスさん［グランドスルト所属］　２ｘｘ１／05／08
ヤバい吐きそう……トラウマ再発しそうなんで一旦ログアウトする……

22：カフェインさん［ルゲーティアス所属］　２ｘｘ１／05／08
すでに再発していると思うんですがそれは

23：Ｓｋｙダークさん［グランドスルト所属］　２ｘｘ１／05／08
＞＞ブラディス
お疲れ

24：隻狼さん［グランドスルト所属］　２ｘｘ１／05／08
＞＞ブラディス
そのうちあのカス共も暗殺されるようなポカやると思うんで、それまで気をしっかりな

25：アリカさん［ルゲーティアス所属］　２ｘｘ１／05／08

あいつら垢BANしないとかどんな無能判断だよクソが！

26：隻狼さん［グランドスルト所属］　2xx1／05／08
クソと言えば、有料のゲーム内で性別を自由に変更出来る機能は罠だった
性別変えたい奴は素直にキャラクリやり直した方がいい

27：猫丸さん［グランドスルト所属］　2xx1／05／08
罠ってなんやねん

28：隻狼さん［グランドスルト所属］　2xx1／05／08
俺をキャラ検索してみ

29：カフェインさん［ルゲーティアス所属］　2xx1／05／08
名前：隻狼
種族：森人擬態人〈両性〉
両wwwww性wwwwwwwwwうぇっwwwwwwwww

30：陽炎さん［グランドスルト所属］　2xx1／05／08

!?

31：嶋乃さん［ネクロアイギス所属］　2xx1／05／08
えwww　嫌だなこの表記！w

32：隻狼さん［グランドスルト所属］　2xx1／05／08
うちの子を穢《けが》された気分……

33：ジンさん［ルゲーティアス所属］　2xx1／05／08
クソワロタ

34：ユキ姫さん［ネクロアイギス所属］　2xx1／05／08
人柱乙だよ？？？www

35：真珠さん［グランドスルト所属］　2xx1／05／08
用事片付けてやっとログイン出来た
ログインで待機待ち出るとかベータ始まった頃を思い出す賑わい

36：ジンさん［ルゲーティアス所属］　2xx1/05/08
大体プラネの入り口貧弱過ぎんよ
ゲームも容量問題ブッパしてるわでプレイヤーの環境考えんと好き放題作り過ぎ

37：嶋乃さん［ネクロアイギス所属］　2xx1/05/08
T○Sシリーズかな？

38：隻狼さん［グランドスルト所属］　2xx1/05/08
当ててやろうか？　スイートロールを盗まれたんだろう

39：ジンさん［ルゲーティアス所属］　2xx1/05/08
（俺も膝に矢をよりスイートロールが好き）

40：影原さん［ルゲーティアス所属］　2xx1/05/08
嶋乃は大成するよ。それは間違いない

41：嶋乃さん［ネクロアイギス所属］　2xx1/05/08
うるせーわwww

42：Ｓｋｙダークさん［グランドスルト所属］２ｘｘ１／05／08
シリーズと言いながら基本Ｓｋ◯ｒｉｍだなお前ら

43：ジンさん［ルゲーティアス所属］２ｘｘ１／05／08
バグで詰まないでクリア出来たのＳｋ◯ｒ・ｉｍだけだった

44：影原さん［ルゲーティアス所属］２ｘｘ１／05／08
ベッドで就寝して詰まなかったのＳｋ◯ｒ・ｉｍだけ

45：嶋乃さん［ネクロアイギス所属］２ｘｘ１／05／08
やめろｗｗｗｗｗｗ

46：カフェインさん［ルゲーティアス所属］２ｘｘ１／05／08
アーリーアクセス期間のログイン特典18時から配布だってさ
何くれんのかね？

47：隻狼さん［グランドスルト所属］２ｘｘ１／05／08

告知が遅過ぎる
無難なところで消費アイテムの詰め合わせじゃないか？
じゃないと受け取れなかった夜ログインの社会人勢がキレるぞ

48：いくら丼さん［ルゲーティアス所属］　2xx1／05／08
消費アイテムでもブチキレるわ！
どういうことなんだよソレ!?

49：カフェインさん［ルゲーティアス所属］　2xx1／05／08
おい、仕事中に掲示板アプリ起動すんなし

50：Airさん［ルゲーティアス所属］　2xx1／05／08
←これな　マジで事前に告知しろよゴミ運営
《本日5月8日18：00よりルゲーティアス公国の闘技場にてアーリーアクセス特典をお渡しいたします。闘技場内で待機していてください》

51：Skyダークさん［グランドスルト所属］　2xx1／05／08
ん？

52：チョコさん［ネクロアイギス所属］ 2xx1／05／08
……？（｀・ω・´）

53：隻狼さん［グランドスルト所属］ 2xx1／05／08
その時間にルゲーティアスかーとはちょっと思った
覇王の巡回時間に被るよな

54：くぅちゃんさん［ネクロアイギス所属］ 2xx1／05／08
覇王来る前にルゲーティアスに入っとけば解決

55：いくら丼さん［ルゲーティアス所属］ 2xx1／05／08
クソクソ！
運営に文句言ってやる……!!

56：Airさん［ルゲーティアス所属］ 2xx1／05／08
社畜ざまあwwwwww

57：陽炎さん［グランドスルト所属］　2xx1／05／08
??

58：Airさん［ルゲーティアス所属］　2xx1／05／08
何だ　その「?」ウザいんだがユキ姫の真似か？

59：Skyダークさん［グランドスルト所属］　2xx1／05／08
>>チョコ、陽炎
ギルドの件で話がある
パーティー募集立てるから入れ

60：陽炎さん［グランドスルト所属］　2xx1／05／08
!

61：チョコさん［ネクロアイギス所属］　2xx1／05／08
!!（｀・ω・´）

62：嶋乃さん［ネクロアイギス所属］　2xx1／05／08

俺も入っていい？

63：まかろにさん［グランドスルト所属］　2xx1／05／08
私も

64：よもぎもちさん［ルゲーティアス所属］　2xx1／05／08
ノ

65：影原さん［ルゲーティアス所属］　2xx1／05／08
ノシ

66：Skyダークさん［グランドスルト所属］　2xx1／05／08
いいぞ　わかっている奴は来い

67：猫丸さん［グランドスルト所属］　2xx1／05／08
ギルド？

68：Skyダークさん［グランドスルト所属］　2xx1／05／08

こっちの話
ところで採集と生産の新職業もギルドが見つからないのか？

69：隻狼さん［グランドスルト所属］ 2xx1／05／08
見つからんな
新大陸関係のイベントが終わらんと実装されんのかもしれん

70：猫丸さん［グランドスルト所属］ 2xx1／05／08
ハウジング領地とやらもな
5月中は既存のレベル上げに注力せぇってことか

71：くうちゃんさん［ネクロアイギス所属］ 2xx1／05／08
ハウジング領地実装まで金策に全力を注ぐ

72：カフェインさん［ルゲーティアス所属］ 2xx1／05／08
俺らの準備期間というより、新規が置いてけぼりにならんように期間取ってる感

73：隻狼さん［グランドスルト所属］ 2xx1／05／08

ああ、ベータ勢の独走に制限かけてんのか

74：Ａｉｒさん［ルゲーティアス所属］　２ｘｘ１／05／08
正木も色々ユーザー目線で考えている
新規のためのみだがな

75：カフェインさん［ルゲーティアス所属］　２ｘｘ１／05／08
そりゃ後続のこと考えないってその時点でオワコン一直線

76：くぅちゃんさん［ネクロアイギス所属］　２ｘｘ１／05／08
あれ？　有能なのか正木？

77：隻狼さん［グランドスルト所属］　２ｘｘ１／05／08
この辺りの調整はゲーム製作ＡＩの手腕だと思うが

78：ジンさん［ルゲーティアス所属］　２ｘｘ１／05／08
特典を受け取るために慌てて新大陸から戻ってきた

79：花さん［グランドスルト所属］　2xx1／05／08
同じく

80：ジンさん［ルゲーティアス所属］　2xx1／05／08
うげ……闘技場に害悪PK共もおりゅう……

81：猫丸さん［グランドスルト所属］　2xx1／05／08
もう街中でPK出来ないんや　怖ないやろ？

82：花さん［グランドスルト所属］　2xx1／05／08
ニキ黙ってるけど顔がブチキレてるw

83：ルートさん［グランドスルト所属］　2xx1／05／08
義憤ニキもオレと同じ紫ネーム落選者かー！

84：隻狼さん［グランドスルト所属］　2xx1／05／08
アリカニキもか
紫色の査定厳しいな

85：カフェインさん［ルゲーティアス所属］　2xx1／05／08
ニキ、ブラディス事件抗争でヒラ側の軍師やってたから
クズPK軍団視点からだと主犯格PK扇動者

86：ジンさん［ルゲーティアス所属］　2xx1／05／08
公平ジャッジ（）

87：猫丸さん［グランドスルト所属］　2xx1／05／08
悪質プレイヤー視点も考慮するとかクソ判定やな

88：カフェインさん［ルゲーティアス所属］　2xx1／05／08
だが当時は合法
あいつらの合い言葉は「ゲームの仕様だからこのPK稼ぎは認められている」

89：Airさん［ルゲーティアス所属］　2xx1／05／08
稼ぎっつーか集団で1人を一方的に襲った強盗殺人だろ、死ねよ

90：隻狼さん［グランドスルト所属］ 2xx1／05／08
1人か1PTぐらいでPKやってるんなら俺も合法だとは思うんだがな……

91：くうちゃんさん［ネクロアイギス所属］ 2xx1／05／08
レイドパーティーの大人数で毎回1人をってのがクズクズ言われる所以《ゆえん》
ホント胸糞集団

92：ルートさん［グランドスルト所属］ 2xx1／05／08
ウェーイ！ 18z

93：猫丸さん［グランドスルト所属］ 2xx1／05／08
えty

94：ジンさん［ルゲーティアス所属］ 2xx1／05／08
h

95：いくら丼さん［ルゲーティアス所属］ 2xx1／05／08
？

どうした？

96：Ｓｋｙダークさん［グランドスルト所属］　2xx1／05／08
……やっぱり起こったか

97：いくら丼さん［ルゲーティアス所属］　2xx1／05／08
え？

98：チョコさん［ネクロアイギス所属］　2xx1／05／08
（｀・ω・´）

99：まかろにさん［グランドスルト所属］　2xx1／05／08
全員赤ネームの人？

100：嶋乃さん［ネクロアイギス所属］　2xx1／05／08
みたいだな

101：陽炎さん［グランドスルト所属］　2xx1／05／08

ヒェッ

102：よもぎもちさん［ルゲーティアス所属］　2xx1／05／08
闘技場組、成仏してくれ

103：影原さん［ルゲーティアス所属］　2xx1／05／08
イキロ

104：ジンさん［ルゲーティアス所属］　2xx1／05／08
許さない絶対にだ

105：陽炎さん［グランドスルト所属］　2xx1／05／08
⁉

106：Airさん［ルゲーティアス所属］　2xx1／05／08
クソが！　ギルドがどうとか言ってた奴ら知ってたな⁉

107：Skyダークさん［グランドスルト所属］　2xx1／05／08

いや何が起こるか知ってた訳じゃねぇよ
ただ、俺らにはメインギルドに集まれって内容だったから警戒してた
で、何があった？

108：隻狼さん［グランドスルト所属］　2xx1／05／08
覇王

109：Skyダークさん［グランドスルト所属］　2xx1／05／08
理解した

110：くうちゃんさん［ネクロアイギス所属］　2xx1／05／08
闘技場から出られないんだが正木⁉

111：ルートさん［グランドスルト所属］　2xx1／05／08
ニキ強えー！w

112：アリカさん［ルゲーティアス所属］　2xx1／05／08
先輩ヒーラーを舐めるなよアタッカー崩れのクソが

113：ジンさん［ルゲーティアス所属］　2xx1／05／08
覇王tueeeeeeeee！！！！

114：カフェインさん［ルゲーティアス所属］　2xx1／05／08
なんだそのDPS⁉　どうやったら叩きだせんの⁉

115：花さん［グランドスルト所属］　2xx1／05／08
アリカニキ固いけどもうMP切れじゃん！

116：NPCさん［ルゲーティアス所属］　2xx1／05／08
次は君だよ^^

117：Airさん［ルゲーティアス所属］　2xx1／05／08
黙れよ真性

118：ミントさん［ルゲーティアス所属］　2xx1／05／08
レベルダウン嫌ああああああああああああああああ！！！！！！

119：真珠さん［グランドスルト所属］ 2xx1／05／08
倉庫にお金と装備預けてないんだけど!?　；；

120：ミントさん［ルゲーティアス所属］ 2xx1／05／08
嘘!?　復活場所が闘技場!?

121：ジンさん［ルゲーティアス所属］ 2xx1／05／08
何で!?

122：猫丸さん［グランドスルト所属］ 2xx1／05／08
滅多《めった》にお目にかかれない覇王の本気（リスキル）が見られるで……（白目）

123：隻狼さん［グランドスルト所属］ 2xx1／05／08
どこまでレベル下げられんだコレぇ！！！

124：花さん［グランドスルト所属］ 2xx1／05／08
職変更出来ないぃぃぃぃぃぃぃ!!　誰か助けてぇぇぇぇぇぇぇぇぇぇぇ！！！！

125：ジンさん［ルゲーティアス所属］ 2xx1／05／08
ちょっ⁉
ログアウトボタン無いんだけど⁉

126：Airさん［ルゲーティアス所属］ 2xx1／05／08
突　然　の　デ　ス　ゲ　ー　ム

127：猫丸さん［グランドスルト所属］ 2xx1／05／08
ふざけんなや正木いいいいいいいいいいいいいい！！！！！！！！

128：Skyダークさん［グランドスルト所属］ 2xx1／05／08
地獄絵図みたいだな

129：まかろにさん［グランドスルト所属］ 2xx1／05／08
うん

130：嶋乃さん［ネクロアイギス所属］ 2xx1／05／08

公式サイトにお知らせ来たぞ
>>https://～
『システム回りの不具合のお知らせ。現在一部マップとシステムに不具合が発生しております。復旧まで少々お待ちください』

131：よもぎもちさん［ルゲーティアス所属］ 2xx1／05／08
不具合の概念が壊れる

132：Skyダークさん［グランドスルト所属］ 2xx1／05／08
計画的犯行の癖に、一連の流れを偶発的事故で済ます気満々だな

133：チョコさん［ネクロアイギス所属］ 2xx1／05／08
（　・ω・　）

134：嶋乃さん［ネクロアイギス所属］ 2xx1／05／08
あとこれ
>>https://～
『改めて、まだ特典を受け取っていない方に、直接メールで特典をお送りいたします。アーリーア

クセス期間中に1度でもログインした方が対象です。指定場所や時間はありません。不具合により
ご迷惑をおかけいたしました』

135：いくら丼さん［ルゲーティアス所属］　2xx1／05／08
あれ？　じゃあ夜ログイン勢は飯ウマ……？

136：嶋乃さん［ネクロアイギス所属］　2xx1／05／08
良かったじゃん

137：猫丸さん［グランドスルト所属］　2xx1／05／08
脈絡《みゃくらく》も無くやらせる覇王とのバトロワなんやねん!!　サプライズか!!　いらんわ！！！

138：ルートさん［グランドスルト所属］　2xx1／05／08
バトロワなんて対等のもんじゃねーよな
こっちはいくら闘技場っつってもPVP勢じゃねぇからスキル回しわかんねーし、ヒーラーの回
復魔法とdot入れるぐらいしかまともにやれることねーもん
ただの覇王の殺戮処刑場だった、ホント酷いぜ

139：嶋乃さん［ネクロアイギス所属］　2xx1／05／08
お前余裕あるな

140：ルートさん［グランドスルト所属］　2xx1／05／08
さっさと電源落とした

141：影原さん［ルゲーティアス所属］　2xx1／05／08
賢い

142：ルートさん［グランドスルト所属］　2xx1／05／08
みんなパニくって物理的に回線落とす方法忘れてんよ
ちなみにPK集団の奴らもニキが粘ってる内に姿消してたぜ

143：ルートさん［グランドスルト所属］　2xx1／05／08
あ

144：ルートさん［グランドスルト所属］　2xx1／05／08
wwwwwwヤベー！wwww

電源落とすとマジヤベー!!wwwwwwwwwwwwwwww
みんな粘った方がいいぞコレー!!

145：花さん［グランドスルト所属］　2x1／05／08
え　待って
今、落としてアプリに切り替えた所なんだけど⁉

146：ルートさん［グランドスルト所属］　2x1／05／08
プラネに再ログインしたら覇王以上の恐怖を味わえるぜwwww

147：花さん［グランドスルト所属］　2x1／05／08
ああああ!!　エラー⁉　ロールバックやめてぇええええ！！！！

148：嶋乃さん［ネクロアイギス所属］　2x1／05／08
おや？
回線切りで離脱した奴らの様子が……？w

149：ジンさん［ルゲーティアス所属］　2x1／05／08

5レベルダウンまでで耐えきったあああ！！！　ヤッター！！！（；◇；）

150：NPCさん［ルゲーティアス所属］　2xx1／05／08
4ダウンだけど許容範囲^^

151：猫丸さん［グランドスルト所属］　2xx1／05／08
ワイは8レベルもダウンだわ
結局義憤ニキは1レベルダウンだけやんけ！w

152：アリカさん［ルゲーティアス所属］　2xx1／05／08
【自動復活】スキル、確定じゃないが有能なんだよ
取ってない奴は取れ

153：ジンさん［ルゲーティアス所属］　2xx1／05／08
でもお高いんでしょう？（スキルポイント）

154：Skyダークさん［グランドスルト所属］　2xx1／05／08
覇王の虐殺は終わったのか

155：隻狼さん［グランドスルト所属］　2xx1／05／08
覇王は定時で帰った

156：よもぎもちさん［ルゲーティアス所属］　2xx1／05／08
定時は草

157：隻狼さん［グランドスルト所属］　2xx1／05／08
気付いたら闘技場の壁に制限時間っぽい数字が表示されていたんだよ
5分経って数字が0になったら覇王は闘技場から出ていった
俺らも出られるようになっていた

158：よもぎもちさん［ルゲーティアス所属］　2xx1／05／08
それ、システムの不具合らしいですよ

159：アリカさん［ルゲーティアス所属］　2xx1／05／08
喧嘩売ってんのか正木は

160：猫丸さん［グランドスルト所属］　2xx1／05／08
カウントダウンの時計まで仕込んでおいて無茶苦茶やな

161：ジンさん［ルゲーティアス所属］　2xx1／05／08
覇王は何で正木の言いなりになってるんですかね（半ギレ）

162：影原さん［ルゲーティアス所属］　2xx1／05／08
所詮プレイヤーの1人なんで……

163：嶋乃さん［ネクロアイギス所属］　2xx1／05／08
暗殺ギルドみたいにクエスト形式で運営から依頼があったのかもしれん
報酬が出るのか、それとも武器没収するぞって脅されたかは知らんが

164：ミントさん［ルゲーティアス所属］　2xx1／05／08
覇王がっ！　明星杖のみならず全てを俺から奪う……!!
ってか覇王はアーリー初日に何やってんの!?　フレンドと素直に遊んでろよ！

165：よもぎもちさん［ルゲーティアス所属］　2xx1／05／08

ツカサ君、今日ログインしていません

166：ミントさん［ルゲーティアス所属］ 2xx1／05／08
覇王暇かよ！！！！！

167：ルートさん［グランドスルト所属］ 2xx1／05／08
耐えきった奴はお疲れ
電源切った奴はドンマイ　いやマジで
オレもドンマイ……

168：嶋乃さん［ネクロアイギス所属］ 2xx1／05／08
ロールバックって言ってたが、どこまで巻き戻されたんだ？

169：ルートさん［グランドスルト所属］ 2xx1／05／08
1年前の5月8日

170：陽炎さん［グランドスルト所属］ 2xx1／05／08
ファ⁉

171：嶋乃さん［ネクロアイギス所属］　2xx1/05/08

1年前!?

172：ルートさん［グランドスルト所属］　2xx1/05/08

1年前のオレ、レベル6だったwww
丁度PKされてPKしてのレベル下げ合い全盛期っぽいぜ！www

173：カフェインさん［ルゲーティアス所属］　2xx1/05/08

完全にタイムリープ

174：ジンさん［ルゲーティアス所属］　2xx1/05/08

あ、じゃあPK集団の奴らも同じ目に……（愉悦《ゆえつ》）

175：花さん［グランドスルト所属］　2xx1/05/08

今日ほど秘儀導士で良かったと思ったことはないよ
レベル1にされたけど、今までにゲットしたテイムモンスはちゃんと全部残ってる……!!　ダンジョンに強レベのモンス突っ込ませて、すぐにレベル50に巻き返せる！

176：猫丸さん［グランドスルト所属］　2xx1／05／08
しかしとんでもないロールバックやな
引退考えるレベルの仕打ちやんけ

177：花さん［グランドスルト所属］　2xx1／05／08
これでもマシな方
この半年間、全くログインの無かったプレイヤーはそもそもデータが残っていないから新規キャラクターを作り直してくださいって文言も出たしさ
もうPK軍団はPKキャラじゃログイン出来ないんじゃないかな

178：Skyダークさん［グランドスルト所属］　2xx1／05／08
は？

179：嶋乃さん［ネクロアイギス所属］　2xx1／05／08
おっとぉ……？w

180：Airさん［ルゲーティアス所属］　2xx1／05／08

よし、あいつら全滅か

181：隻狼さん［グランドスルト所属］ 2xx1／05／08
その処置が本命ください
これはまた怨《うら》みを買う強硬手段を取ったな正木

182：くうちゃんさん［ネクロアイギス所属］ 2xx1／05／08
アンチを作ることに関しては神がかってる

183：カフェインさん［ルゲーティアス所属］ 2xx1／05／08
炎上の申し子なんで

184：猫丸さん［グランドスルト所属］ 2xx1／05／08
早速《さっそく》まとめサイトに載りそうな案件やなぁ！

185：ジンさん［ルゲーティアス所属］ 2xx1／05／08
「運営が気に入らないプレイヤーを引退するまでPKして追い出すMMOがあるらしい」

186：ルートさん［グランドスルト所属］　2xx1／05／08
ヤベー！　ガチでとんでもねーw

187：隻狼さん［グランドスルト所属］　2xx1／05／08
正木のそういう独善的潔癖症みたいな所が空気読めてないと言うか、サイコパス扱いされる所でもある
俺は嫌いでは無いんだが……今回は流石になぁ

188：影原さん［ルゲーティアス所属］　2xx1／05／08
ホモォ……？

189：Skyダークさん［グランドスルト所属］　2xx1／05／08
裏で垢BANしとけば悪評たたないのにな

190：猫丸さん［グランドスルト所属］　2xx1／05／08
正々堂々、白日の下で粛清《しゅくせい》したかったんやなって

191：隻狼さん［グランドスルト所属］　2xx1／05／08

だがプレイヤー（覇王）まで使うのは外道

192：嶋乃さん［ネクロアイギス所属］　2xx1／05／08
正木が正道を歩いている人間だとでも思っているのか
非の無いプレイヤーを監獄に入れて名前を変えろって迫る男だぞ

193：ルートさん［グランドスルト所属］　2xx1／05／08
それだけ聞くとマジキチwww

194：Airさん［ルゲーティアス所属］　2xx1／05／08
ブラディス事件の被害者を思い出せ
正木が愛する秘儀導士、神鳥獣使い、召魔術士だぞ
今件は正木による計画的私怨《しえん》の復讐劇でしかない

195：猫丸さん［グランドスルト所属］　2xx1／05／08
ほんまに愛が重たい男やな
復讐に巻き込まれて覇王に集金されたワイの金返してくれや

196：真珠さん［グランドスルト所属］　2xx1／05／08
私の装備品、覇王が最後に床に捨ててくれてた！
ありがとうありがとう……!!；；

197：隻狼さん［グランドスルト所属］　2xx1／05／08
アイテムもバラまいてくれているから持ち主は拾って帰れよ

198：猫丸さん［グランドスルト所属］　2xx1／05／08
素材アイテム誰のかわからんわwww

199：ルートさん［グランドスルト所属］　2xx1／05／08
イエーイ！　紫ネームー!!

200：花さん［グランドスルト所属］　2xx1／05／08
こっちも青色ネームになってる
レベル1になったのはアレだけど地味に嬉しい

201：隻狼さん［グランドスルト所属］　2xx1／05／08

あ、俺も紫になってるな

202：猫丸さん［グランドスルト所属］ 2xx1／05／08
ワイも

203：NPCさん［ルゲーティアス所属］ 2xx1／05／08
紫だね^^

204：ジンさん［ルゲーティアス所属］ 2xx1／05／08
俺達これでようやく正木に許されたのか

205：嶋乃さん［ネクロアイギス所属］ 2xx1／05／08
闘技場組、おつとめご苦労様です

206：猫丸さん［グランドスルト所属］ 2xx1／05／08
まだログインしていないPK勢おるやろ

207：Airさん［ルゲーティアス所属］ 2xx1／05／08

その時はまた第2、第3の覇王殺戮闘技場が開幕する
208：隻狼さん［グランドスルト所属］ 2xx1／05／08
いやもうこの手は晒しているから引っかからんよwww

第3話　予期せぬハプニング

21時にログインすると、運営からメールが届いていた。

『差出人：プラネット イントルーダー運営AI
件名：ログイン特典の配布を致します。
内容：アーリーアクセス期間中のログインありがとうございます。
特典をお送りいたします。ぜひこれからの冒険にお役立てください』

（特典はもう貰えるんだ）

メールを閉じれば、袋が空中に現れてふわふわと浮いている。手で触れると袋に重力が戻り、落下する前に受け止めた。

袋の中には消費アイテムの『HP下級回復薬』と『MP下級回復薬』が各3つ、アクセサリーの『シーラカン製・深海懐中時計』が入っていた。シーラカン製・深海懐中時計は淡く青い銀色の懐中時計で、レベル制限なく身につけられるらしい。

『シーラカン製・深海懐中時計：その昔、シーラカン博士と呼ばれる発明家が深遠を想って作った懐中時計』

（『深遠を想って』？　【祈り】のスキルの説明と同じ言葉が入っている……？　特に効果の説明は無いけど、オシャレアイテムなのかな）

懐中時計をアクセサリーに装備して、ツカサはステータスを確認した。

□――――――――――――――――□
名前：ツカサ
種族：種人擬態人〈男性〉
所属：ネクロアイギス王国
称号：【影の迷い子】【五万の奇跡を救世せし者】
フレンド閲覧可称号：【カフカの貴人】【ルビーの義兄】【深海闇ロストダークネス教会のエセ信徒】

非公開称号：【神鳥獣使いの疑似見習い】【死線を乗り越えし者】【幻樹ダンジョン踏破者】

職業：神鳥獣使い　ＬＶ４
ＨＰ：70（＋20）
ＭＰ：２５０（＋１１０）
ＶＩＴ：７（＋２）
ＳＴＲ：６
ＤＥＸ：７
ＩＮＴ：９
ＭＮＤ：25（＋１）

スキル回路ポイント〈１〉

◆戦闘基板
・【基本戦闘基板】
「【水泡魔法ＬＶ３】【沈黙耐性ＬＶ２】【祈りＬＶ１】
・【特殊戦闘基板〈白〉】
「【治癒魔法ＬＶ２】【癒やしの歌声ＬＶ２】【喚起の歌声ＬＶ１】

◇採集基板
◇生産基板
所持金　70万250G
装備品　見習いローブ（MND+1）、質素な革のベルト（VIT+2）、明星杖（MP+10）、シーラカン製・深海懐中時計

□――――――――――――――――□

（『種族』に変わってる。『人種』って言い間違えないように気をつけよう）

「おい！」

突然、険《けん》のある声音で怒鳴られ、ビクリと身体が震える。

声の主に振り向けば、見覚えがある森人プレイヤーがいた。赤毛で猫耳と尻尾のある少年の姿だが、ニヤッと口角を上げる顔は、見た目よりも年上の気配を感じさせる。

（神鳥獣が大きいって怒っていた人だ）

ツカサは顔をこわばらせて身を縮めた。ガーリックスは、そんなツカサの反応には無頓着で東の城門を指差し、どこか間延びした声を出す。

「あっちの城門外でさー、ちょうどいいからお前を呼んできてくれってぇ頼まれてんだよなー！　まだフレンド登録してないから声かけずらいってさ」

「えっ……？」

（誰が……？　幻樹ダンジョンでパーティー組んだＳｋｙダークさんとか……？　それとも話したことは無いけど、街中ですれ違ったことがある人？）

ツカサの返答も聞かず、さっさとガーリックスが歩き出す。

ためらって動かずにいたら間髪入れずに「早くこいよ！」と急かされ、確かめるためにもついていくしかなかった。

城門を出る。出てもまだ歩き続けていくガーリックスに胸中で戸惑った。離れて小さくなる街の出入り口に不安が生まれる。

やがて木々が雑然と生えた、林のようになっている場所でガーリックスは立ち止まった。くるりと身軽な仕草でツカサに振り返る。

「この間はさぁ、すっかり騙されたわ。通報程度でフレ呼んでキルって出戻りだったのかよお前」

「え？」

ガーリックスは、ツカサの腰に下げられた杖を見て鼻を鳴らす。

「その明星杖、俺のなんですけどぉ？　そういう取り上げ方って古参としてどうよ」

ツカサは目を白黒させた。熟練者だと勘違いをされているのに気付いて慌てたが、そんなツカサの心情も無視してガーリックスは腰に下げた杖を手に持ち、突然【雷魔法】をツカサへと放った。

「!?」

とっさに目をつぶる。ピキィンッ！　と鋭い音が鳴った。まぶたを開けると漆黒の長いジャケットが目に入る。【雷魔法】を紅い長剣の一振りで消し去った雨月に、「はっ、はお⁉」とガーリックスは悲鳴に近い驚愕の声を発した。

「ななっなんでルゲーティアス巡回じか……っ⁉」

「すでにお前のものじゃない」

「ヒイッ！」

ガーリックスが雨月の長剣から間合いを取って後ずさる。その背後にスッと黒装束の何者かが忍び寄り、ガーリックスを一太刀で切り捨てた。

「は……？」

ガーリックスのＨＰが０になり、地面に倒れる。ガーリックスは何がなんだかわからず、身体を動かそうと慌てふためいた。

赤いブラウザがガーリックスの目の前に現われる。

「運営の警告――ちょっ……強制レベル10ダウン、死に戻り不可⁉　いきなり監獄連行だぁ⁉　正式版から赤色ネームがＬＶ９以下の青色ネームに街中で接近禁止ってオイオイオイ⁉　さっきまで普通に話せていただろうがよ⁉　しかもここ街中じゃねぇじゃ――」

わめいている間にも、ガーリックスの身体は黒装束のゲームキャラクターの肩に担がれ、黒い檻が備え付けられている荷馬車の中に投げ込まれた。

ガーリックスは戦闘不能状態なので身体を起こすことが出来ず、倒れたまま「墓場まで」と告げ

た黒装束のゲームキャラクターの言葉に敏感に反応する。

「はあぁぁ⁉　暗殺ＮＰＣの暗殺演出無駄に凝ってんじゃねぇー‼　まさかプレイヤーを墓穴に入れるところまでやる気かキチ正木野郎ぉぉぉ‼」

荷馬車はガーリックスの叫びを響かせながら走り去っていった。

残されたツカサは、茫然とその姿を見送る。ぽかんとしたまま、隣の雨月と顔を見合わせた。雨月の傍には黄金色の四角いゲートが存在している。ツカサの不思議そうな視線に、雨月が気付いて口を開いた。

「正式版で実装された、特殊称号につくゲートだ。細かい条件はあるが、フレンドや赤色ネームプレイヤーの近くへテレポート出来る」

「パーティー募集板でパーティーを組んだ人の傍に行ったり、戦闘不能で衛星信号機に戻る時の黒い渦のものとは違うものなんですね」

「ああ。ＰＫを探すのに便利だ。……さっきのように」

雨月の顔に影が差した。

「……俺とフレンドなせいで、ツカサさんが誤解を受けている。迷惑をかけてしまいすまない」

「いっ、いいえ！　そんなことないです！　僕の方こそ……その」

ツカサは一旦言葉を切ると、ガバリと頭を下げた。

「雨月さん、助けてくれてありがとうございます。頼りになる雨月さんがフレンドになってくれて、本当に良かったです」

「……」

顔を上げると、雨月が寂しげな眼差しでツカサを見つめていた。そしてポツリとこぼす。

「――ずっと……助けたかったんだ。俺にも助けられて、良かった」

その言葉は、ツカサに向けられたものとは少し違うと感じた。過去の誰か、もしくは過去の雨月自身を見ながら口にしている――そんなふうに感じられる言葉だと思った。

ＰＫ事件のせいで、きっといなくなってしまった知り合いやフレンドもいたのだろう。だからこそ、ツカサは笑顔で言う。

「雨月さん、これからもフレンドとしてよろしくお願いします」

一瞬、息を詰めた雨月は、ふっと柔らかく笑った。

「こちらこそよろしく、ツカサさん」


雨月がＰＫを始めたのは運営が動いた後のブラディス事件以後。それまでは神鳥獣使いだったという話を聞いた。

それを聞いたツカサは、ＰＫをしてでも誰かを助けたかったと言った雨月は根っからのヒーラーなんだなと感じた。


雨月とツカサの２人を、遠くから見つめる小さな人影がある。

「へぇ。やっつけ暗殺の緊急告知を出すからどうしたものかと思ったら、話題のツカサ君じゃない」

黒装束の少女は仮面を取る。すると金髪碧眼の美少女が姿を現わした。彼女は口角を上げて不敵な笑みを浮かべる。

「話題の最先端には、触れておかないとなの」

雨月とツカサが街に戻り、別れるまで見守ると、暗殺組織ギルドの服からチェンジした彼女はツカサに向かって歩き出した。

書き下ろし番外編「覇王の和やかな一日」

The Tamer
of Fur and Feather
is Shy but Well Meditated.

《オープンベータ期間終了のお知らせ。

オープンベータ版『プラネット イントルーダー・ジ エンシェント』は2ｘｘ1年5月5日をもって配信を終了いたしました――》

5月6日、ルゲーティアス公国の街中。

目の前に飛び込んできたアナウンス情報に、雨月は目を見張った。

「おはよう、雨月。珍しい顔をしているじゃないか」

雨月に、朗《ほが》らかな微笑みを浮かべて声をかけたのは、大抵のプレイヤーにニヒルな笑みしか寄越さない貴族然とした青年――パライソ・ホミロ・ゾディサイドというルゲーティアス公国のゲームキャラクターである。

パライソは「ふふ」とさも愉快そうに肩を揺らして笑ったが、すぐに不機嫌になった。

「……ところで悪趣味ではないかな。〝深海闇ロストダークネス教会〟の神体を模した懐中時計なんてものを、身につけるなんてね」

柳眉《りゅうび》を逆立てて、パライソは雨月の胸元のポケットを見ていた。そこにはアクセサリー装備をしている懐中時計の鎖が顔をのぞかせている。この指摘は、雨月がログインする度にパライソが告げる常套句《じょうとうく》だ。

パライソは懐中時計を装備していると、プレイヤーに対して難癖《なんくせ》を付ける小ネタで初期の頃から有名である。ただし、おしゃれとして見た目装備欄で懐中時計を装備している場合には反応しない。彼のゲーム外での有名な通り名は『ラスボス』。基本的にプレイヤーには好まれていない人物なため、ベータ版開始の初期には、わざと懐中時計を装備するプレイヤーもいた。

だが、今はいない。プレイヤーのレベルが上がれば自然と実用的な装備になる。いちいち替えるのも面倒になるので冷やかすプレイヤーは日に日に減っていった。

さらにはブラディス事件以降、わざわざ懐中時計をパライソに見せるプレイヤーは雨月だけだ。

——決して、パライソをからかうためにつけている訳ではないのだが。

雨月が懐中時計を胸元のポケットから取り出して時計の針を見ると、

「巡る時刻はいつも通りなのかな」

横目に雨月を見るパライソが尋ねた。すると、青白い時計のホログラムが眼前に浮かび上がる。その時計の針が示すのは1～12の数字ではなく、円グラフのような絵柄で大まかに3つに区切られた国名だ。国名の下には滞在時間の数値を設定出来るようになっていた。

雨月は《ルゲーティアス公国——16：00～24：00、グランドスルト開拓都市——00：00～08：00、ネクロアイギス王国——08：00～16：00》と、大まかに設定している。

「ああ」

雨月の返答に、パライソは鼻白《はなじろ》む。そして肩をすくめると、軽く手を振って雑踏の中へと消えていった。

《デイリークエスト『巡回散策』が受注されました》

こうして今日も、パライソからの常設クエストを受けた。自身が都合のきく時間帯に、戦闘職業でフィールドにいればいいだけの簡単なクエストだ。

滞在時間は最低1分でも構わない。しかし、滞在時間の長さによって報酬の経験値は増減する。フィールドでは特に何もしなくて良いのだが、雨月はプレイヤーをキルする時間にあてていた。

雨月以外に受注しているプレイヤーを見かけない気がするので、【脱獄覇王】か【パライソの親友】の称号がデイリークエスト発生の条件かもしれない。PKが可能なフィールドへと、あからさまに誘導されるクエストなのだ。

チラリと【脱獄覇王】によって得た特殊PK武器の長剣に視線を向ける。これは知られていないが消耗品だ。雨月がPKされるごとに耐久度が減り、最後には消滅する仕様で、修理は不可。完全に壊れた際は【脱獄覇王】の称号を取り上げられ、雨月は黄金ネームから赤色ネームになる。

この仕様からも、プレイヤーから早々に【脱獄覇王】の称号と恩恵を取り上げようという製作者の思惑が透けていた。

――5・5ブラディス事件。最後までPKに関わらず、青色ネームで耐えた先に待っていたのが監獄だった時の衝撃を思い出すと、その思惑をはねのけて抗《あらが》いたくなる。

雨月の脳裏で当時の様々な苦い出来事がよぎった。どんな理由があっても、全プレイヤーを一旦監獄に入れる運営側の処置は暴力的過ぎると思う。

しかし、グランドスルト開拓都市の関所の衛星信号機へとテレポートした時には、昨日のツカサ達との幻樹ダンジョンが思い起こされて、ふっと微笑んだ。パーティープレイは楽しかった。

「覇王ギャアアアアアアアッ!!」

「もう巡回ポップ!?　覇王笑ってっぞ!?」

「アレはお前を獲物に見定めた笑みだゾ！」

「獲物は回線逃げ戦犯のルートだろ!?　こっちに来るんじゃゃねぇ!!」

「アーアーアー！　聞コエナーイッ!!」

叫びながらも蜘蛛《くも》の子を散らすように一目散に逃げていく赤色ネームプレイヤー達の背中に、雨月は冷静にクロスボウの矢をヒットさせた。

ジグザグに逃げて間一髪クロスボウの矢を避けた平人男性『ルート』の代わりに、灰色の尻尾と犬耳の片方が垂れている森人女性『Ａｉｒ』が倒れる。

それを横目に見たピンク髪でツインテールの種人女性『カフェイン』が走り抜けながら悲鳴を上げた。

「ゲッ！　なすりつけやがった！」

「イェーイ！　Ａｉｒアウトォーッ！」

「ルートは後でブチ殺す……ッ!!」

関所の砦《とりで》の上に登りきったルートが、地面に倒れるＡｉｒを指さして高笑いをしていると、一瞬で駆けて距離を詰めてきた雨月に一閃《いっせん》されて吹っ飛んだ。

「はええええッ!?」

「よっしゃ離脱！」

カフェインは壁の影でテレポート待機の数秒を稼ぎ、ガッツポーズで消える。

身動き出来ないＡｉｒがギリギリと歯ぎしりをしてブラウザ画面を睨《にら》みつけた。

「カフェインの野郎ッ！　掲示板で草生やしやがってぇっ……！」

「ざまあ！」

「お前もなぁッ!!」

騒ぐ2人を残して、雨月はその場を後にした。しっかりと、視界の左端に表示される〝断罪ゲージ〟は確認している。

先ほど倒した赤色ネームには『他』と表記された小さな青色のゲージが表示されていた。同アカウントで他にサブキャラクターを持っていて、それが青色ネームだとわかる。

黄金ネームになってから、ＰＫだけを一定数キルし続けた際に得た称号【永劫に赤へ破滅をもたらす鬼神】によって解禁された表示機能――それが断罪ゲージである。

あくまで同アカウントのサブキャラクター持ちへの目安にしかならない機能で、別アカウントで

赤色ネーム用のキャラクターを隠し持たれていたらわからない。新たにアカウントを取り直しただけの、中身がＰＫという青色ネームの転生組なるプレイヤーもいるので、雨月は目に付いた全員をキルしている。

何よりブラディス事件の中心にいたＰＫ集団側に、彼らの前に誘い出す役割の青色ネームの囮役《おとり》がいたのだ。その記憶のせいで、雨月は青色ネームも信用出来なかった。

ツカサを初めて見た時も、その転生組だと思ったのだ。……挨拶をされるまでは。

グランドスルト開拓都市のフィールドで過ごした後は、北東のネクロアイギス王国へと移動する。なだらかな平原などの緑一面の景色になると、心が和んだ。グランドスルト開拓都市は岩山や砂地で、個人的には味気ない。

街道を進み、ネクロアイギス王国南の城門前を通り、続いて海に近い東門へと向かう。東の城門が見えてくると、遠目に、その近くで低木を眺める黄緑のふわふわした長髪の砂人女性――ツカサのフレンド、和泉がいるのに気付く。

採集猟師を始めたばかりのようだ。簡素なチュニックとズボンの格好で籠を背負っていた。１つの低木の周りをグルグルと回っている。その姿に、以前リアルで見かけた盲導犬の仕草が重なって、声をかけていた。

「何か、困っていることが？」

「ヒギャァッ！」

背後から声をかけたせいで驚かせてしまい、すごい悲鳴を上げさせてしまった。雨月は黙って一歩下がる。

急いで低木の影に隠れた和泉は、そっと顔を出して雨月を見た。こぼれんばかりに黄色の瞳を丸くして固まっている。

雨月が真顔で見つめ返せば、低木を挟んで2人の間にしばし沈黙が流れた。ぎこちなく、和泉がペコリと頭を下げる。

雨月も頭を下げ返した。そこで、地図上に表示された赤色の点に気付く。フィールドの地図でプレイヤーの位置がわかるこの機能は、黄金ネームの恩恵だ。

「今、この辺りに赤色ネームがいる。しばらくは街に――」

そこで一旦言葉を切ると、顎《あご》に手をやって思案顔で赤色の点の方向へ視線を向けた。

「……少し、採集の間ここにいても？」

雨月の提案に、和泉は目を白黒させてから視線をさまよわせる。

「……」

「……」

答えが返ってこない。護衛に、と思ったが余計なお世話だったのだろう。和泉はツカサといる時はもっとリラックスした自然体だったように思うので、ＰＫの雨月とあまり関わり合いたくないのだと察した。だから断り文句に困って目を泳がせている。

それほど親しい訳でもないのだから当然の反応だ。困らせるつもりはなかったので、雨月は早々に身を翻した。

するとと、和泉が慌てて声を発する。

「ツ、ツカサ君っ……！」

雨月は立ち止まって振り返った。そこにはその後の言葉が出てこないのか、「しまった」という表情の和泉が、焦った様子で口をパクパクと動かしていた。

思うに、とっさに出てきた言葉を発した瞬間、ちょうど雨月が去りかけたタイミングに被さってしまったようである。

和泉は傍目から見てもテンパっているのが伝わってきた。早々に雨月がこの場から立ち去れば、和泉もパニックから解放されるのはわかっているのだが、和泉の言葉の先が気になったので待つことにした。

「……」

「……」

もう少し待つことにした。

「ツカ、ツカサ君……と……昨日、その」

ようやくポソポソと喋り出した和泉のハスキーな声に、不意に聞き覚えがあると思った。

それから身近にいる人間の声ではないと頭の片隅で断定し、何かを媒介にして聞いたことがあるという答えが浮かぶ。1度聞いた人の声は忘れない性質なので、このまま記憶を掘り下げていけば答えが出てくるのだろうが、詮索《せんさく》はマナー違反だと思い、あえてそこまでで思考を止めておく。

「だだだだっ……だんじょん！　――ありがとうございました……!!」

小さな声で早口に呟かれた言葉を、正確に耳で拾った雨月は「ああ」と相づちを打つ。

和泉の顔は真っ赤に染まり、身体を縮こまらせて俯いた。緊張しているのか、震えている。

「あっ」

突然、思い出した！　とばかりに和泉が勢いよく顔を上げた。

「ツカサ君は夕方か夜頃にログインするので……！」

口に出した瞬間から、和泉は顔色をみるみる青くして「するので……？」と声を震わせた。胸中では瞬時に、ツカサが共通のフレンドだったので口を滑らせてしまったことを後悔していた。会話のとっかかりには向いていない話題を持ち出し、なおかつそれが他人のログイン時間で、勝手に話してしまうなんてまずいことだと、頭の中が真っ白になって続く言葉が浮かんでこない。

雨月は十分関心を引かれて、自分がルゲーティアス公国にいる時間帯なのかと巡回時刻を確認していたが、沈黙に焦った和泉は挽回しようと目の前の低木を両手でガシッと掴んだ。

「こっ、こここれ……！　ツカサ君ぐらいの大きさ、でっ」

雨月は和泉と低木を視界に入れて、じっと見つめた。――返答に困る。

「……もっと、小柄だと思うが」

「――！」

和泉がハッと目を見開く。低木の丸い葉を指で触って言いつのった。

「そ、そそそ……そう……こっ、この〝異星マルバシャリンバイ〟現実のものよりちょっと小さめかなって……だから種人ぐらいの――あ！　たっ種人！　種人基準の大きさに出来ているのかな！

……でしょうか⁉」

「現実に、存在するのか？」

興味深げに異星マルバシャリンバイを見て、雨月は首を傾げた。低木は枝に葉が付くような形をしていて白い花がたくさん咲いている。雨月の腰辺りの高さだ。

雨月の態度に、和泉がへにゃりと顔をほころばせて大きく縦に頭を振った。

「しっ、調べたら潮風《しおかぜ》に強くて、よく海岸沿いに植えられている常緑樹で……リッリアルでも樹皮が染料になってるって。それに、あとバラ科らしいよ……！　ね、ねく、ネクロアイギスは、バラの植物が多いね」

「薔薇……？」

和泉は雨月と話がスムーズに出来てホッと胸を撫で下ろす。語りにも熱が入った。

「こ、この梅の花っぽい小ぶりな花と丸っこい葉っぱの形が優しい感じがして、ツカサ君にちょっと雰囲気が似ていて……。この、大きさ――包容力、とか……！」

和泉が精一杯両手を広げて言う。

花から連想の感覚はわからないが、尖っていない柔らかな曲線の葉先をツカサに例える辺りは、なんとなく言いたいことは伝わってくる。

雨月が微笑んで頷き返すと、和泉は照れくさそうに笑った。

ツカサと初めて会った時のことを思い出す。

今、和泉と共にいるこのネクロアイギス王国の城門前に、ツカサはいた。

最初に目を引いたのは、隣の大きな姿の神鳥獣だ。

これまで見たことがないような珍しい鳥の神鳥獣。ランダムで出したものだということがひと目で察せられた。遠目からでも目立つ青い羽色は、茶系統が多いと言われているランダムの中でもなかなか引き当てられない鮮やかな色だった。

すぐさま、他のプレイヤーにそれを誇示し、煽るためにわざとそこにいるのだろうと思ったのだ。赤色のベータプレイヤーが、またサブキャラクターで揉める火種を作っていると断じて、ＰＫするためにツカサへとあの時は歩を進めていた。

『は、初めまして……！　あっ、あのすみません！　この子を――その、神鳥獣の大きさの変え方を知っていたら教えてくださいませんか？　街で怒られてしまって！』

雨月へと挨拶をしてきたこと。そしてその初々しい質問に、想像との齟齬《そご》を感じて雨月の足は止まった。初めて聞くツカサの声は、人工音声変換機能で加工されていないものだった。

水色水晶色の両サイドが長い前髪は頬で風になびき、ツカサの菫色の瞳は不安そうに揺れていた。種人なので小さい。見下ろす雨月は威圧的だと思うのだが、雨月への警戒心は全く見えず、ただただ困っている様子だった。

雨月は、プレイヤーに頼られたのが初めてで胸中でうろたえながらも、自分が初心者の時に助けてもらった、たまたま同じ日時に始めて話すようになった同期のプレイヤーの姿を思い起こして説明をした。

自分が人に教える立場になっていることに心底驚かされてもいた。ずっと同じことを続け、ブラディス事件から立ち止まって、自分自身は何も変わっていないように思っていたからだ。

昔、その親切な同期にフレンド申請を出せなかった記憶が蘇《よみがえ》る。タイミングだったり、きっかけだったり、そもそも互いにフレンド機能をあまり意識していなかったためにフレンドになるところまでいく機会を逃した。そして相手はＰＫされたのを最後にログインしなくなったのだ。

苦い記憶を呑み込んで、雨月が投げるようにツカサへと出したフレンド申請は、あっさりとツカサに承認された。

あの瞬間、やり残したこと――後悔のしこりが軽くなったのを覚えている。


それから城門の壁近くの木陰でしばらく雨月は留まり、和泉の採集を少しの間だけ見守って、地図から赤い点が遠のくと離れた。

去っていく雨月の背に、和泉が小声で、

「あ、ありっありがとう……ございます……」

相手に聞こえないのを承知で呟かれた小さな声音の感謝は、雨月の耳にはきちんと届いていた。

和泉と別れた後は、ネクロアイギス王国の北方の山へと向かった。レベル45とレベルは高いが、ノンアクティブで防御行動が中心のモンスターが生息している場所だ。

同レベル帯の他のモンスターに比べると、そこにいるモンスターは経験値が少なく、大したドロップアイテムもないのでベータプレイヤーで狩る人間はいない。

ただ根気と時間を要すれば、タンクのいないソロの神鳥獣使いでレベル上げが可能な相手である。

昨日、久しぶりに神鳥獣使いになった。神鳥獣使いでの戦闘は、馴染み深くしっくりくる感覚があって、1年のブランクを感じなかったのは自分でも驚いた。再び神鳥獣を見た時、当時の嫌な思い出よりも楽しかった思い出の方が浮かんでばかりで、胸がいっぱいになった。

また神鳥獣使いをやりたい――そう、自然と思えたのだ。

今日はひと通り周辺を散策し、PKが近付かないかの確認をする。正式版からここでレベルを上げようと、頭の中で予定を組み立てた。


和泉が教えてくれた通り、ツカサは夕方にログインした。そのことに気付いた雨月の胸の中は、温かくなる。

それから雨月に対して、謝罪と謝辞をつづったツカサのメールが届いた。昨日の幻樹ダンジョンで、最初にパーティーを組んだプレイヤーからわざわざメールがあったという一文に、雨月は引っかかる。

雨月がパーティーに入った途端、抜けたプレイヤーもいたのだ。ひょっとするとツカサに逆恨みをしていて、メールだけで終わらずにつきまとい、PKを仕掛ける危険性もある。

ルゲーティアス公国にいる時間帯だったが、ツカサの安全が気になったのでネクロアイギス王国付近へと辻馬車で向かう。衛星信号機での関所間テレポート移動が便利なため、馬車や船移動は最初の街移動以外でほとんどプレイヤーに利用されなくなるものだ。

ただ、雨月にとって辻馬車には衛星信号機に比べて移動が目立たない利点があったのでこうやって時折利用していた。

辻馬車の台に上がると、幌《ほろ》で見えなかった馬車内にはゲームキャラクター以外にプレイヤーが1人乗っている。

小麦色の狐耳をそよがせ、フサフサの大きな尻尾を膝の上へと乗せていた、長いローブの腰にベルトをした森人女性。頭上に浮かぶ名前は『【RP】』。ロールプレイヤー表示で名前が隠されていたが、彼女――いや、たぶん中身は彼が『名無し』という名前なのを雨月は知っていた。

――さらには暗殺組織ギルド員だということも。

赤色ネームの中に混じる暗殺組織ギルド員をキルし過ぎていたという雨月は、彼らの標的に指定されていた。その関係で暗殺をしにきた際に、何度か返り討ちにしている相手だ。

服装がローブになっていることと傍にいるモコモコのウサギのモンスターを通りすがりにチラリと確認して、離れた席に座る。

前に見た時、表立ってのロールプレイ時の職業は弓術士だったはずだが、秘儀導士に変わっていた。暗殺組織ギルドのロールプレイヤーは、演じるキャラクターを維持するために、あまりコロコロと職業を変えない印象があったので、顔には出さなかったが胸中では驚いていた。

名無しは、雨月の一挙手一投足にビクリと身体を揺らして反応し、雨月の視線を感じた瞬間、床にいた〝ケセランウサギ〟を冷や汗をかきながら抱きかかえ、雨月とは反対方向の自身の隣に座らせてその姿を雨月の視界から隠した。

見ているだけで癒されるケセランウサギが視界から消え、雨月はとても残念だった。


辻馬車が走り出して橋にさしかかると、名無しは唐突に立ち上がり、馬車の木枠に足をかける。

「おぉっ、唯一神ダークディープシーよ！　亡き彼の元へ縁を巡らせたまえ!!」

叫んだ名無しは、馬車から飛び降りて逃げた。

「ええ!?　お客さん!?」

「とびっ……飛び降りたぞ!?」

「教会信徒の身投げだー！」

辻馬車の御者と他の乗客達が仰天《ぎようてん》していた。

雨月から逃げるための行動だと思われるが、それを知らない彼らによって辻馬車内では様々な憶測が飛び交う。最終的に「恋人が亡くなり、世を儚《はかな》んで飛び降り自殺した娘」に話がまとまって、馬車内で黙祷《もくとう》が始まった時は、さすがの雨月も共に黙祷を捧げるべきかで戸惑った。

暗殺組織ギルド「ネクロラトリーガーディアン」所属のプレイヤーは徹底したロールプレイをするため、時々本当にこの世界の住人の1人なのではないかという気がしてくるから不思議だ。

多少のハプニングはあったものの、ネクロアイギス王国近隣の村へと着く。そこから目立たないように、港の城壁へと足を運んだ。

「こ」

小さな門をくぐると最近姿を見なかった赤色ネームプレイヤーと鉢合わせ、反射的に斬った。

そのまま立ち去ろうとした時、ふっと視界端のブラウザが目に入る。

NPCエモート：雨月に『ここに来るのは初めてですか？』と笑顔で尋ねた

文字の記録ログを見て振り返ると、かの人物はすでにいなくなっていた。妙なエモートログだけがブラウザに残されてしまい、なんとも言えない微妙な心地になる。いつものことだが、地味に気にかかった。

その後すぐに東の城門付近で、近隣の果樹林へと向かうツカサ達を遠目に発見する。

騎士の和泉が少し先行して、その後ろを歩くツカサの腰には雨月が渡した明星杖が下げられていた。役に立っているようで、渡して良かったと思う。

地図には、ツカサの後をつけているような不自然な動きをする赤い点があった。パッと見渡したところ、プレイヤーの姿は見当たらないように見えるが、頭上に浮かぶ赤色ネーム表示はいくら背景に溶け込んでいてもごまかせない。木々と似通った色合いのミ・パルティのサーコート姿の衛兵風なプレイヤーが、木立に潜んでいた。

ツカサ達の後をつかず離れず隠れてつけていく彼の背後に雨月は忍び寄り、問答無用で斬り捨てる。種人プレイヤーにつきまとうことで有名なプレイヤーだとは知ってはいたが、ツカサにつきまとうようなら、これからは積極的に探してキルしようと心に決めた。

無表情で冷たく見下ろす雨月に、キル対象の相手は声も発さずに戦闘不能でこの場から消え去り、文字の記録ログだけが残される。

NPCエモート：雨月の頬をつついた

いつものことであっても、さすがに気に障《さわ》った雨月である。


「やぁ、おかえり。探していたよ」

ルゲーティアス公国の街に戻ると、突然パライソが眼前に現われた。たまにモンスターと同じポップの仕方をするのは、本当にどうかと思う。

「探していた？」

「今日は、ルゲーティアス公国で雨月の巡回が終わることになるのじゃないかと思ってね。どうせなら私と再びの生誕を祝して乾杯をしよう？」

まるでオープンベータ版が、0時に終了することを把握しているような誘い文句に軽く面食らう。これまでのつき合いで、パライソが特別メタ的な発言を匂わすゲームキャラクターという認識を持ってはいたが、ここまで露骨な発言を聞いたのは初めてだった。

ゲーム製作者は、独自にゲーム製作補助ＡＩと運営ＡＩを作ったと公表している。

しかし、『膨大な数のＮＰＣを１つ１つオリジナルでは作ってはいないはず。フリー配布素材のゲーム用ＡＩを土台にしていると思われる』――と、ゲームストアのレビューで書かれていたので、パライソはゲーム製作者の完全な手製ではないとされている。だから一体どんなフリーＡＩのサンプルを土台にすれば、パライソのような架空人物を誕生させられるのだろうかという興味と疑問は尽きない。ゲームに疎《うと》い雨月でも、彼が特異な存在なのは肌で感じる。プレイヤーのような人間らしさがあるのだ。


断る理由もないのでパライソの誘いに応じた。向かったのは、街のカフェテラスである。

雨月の対面に座ったパライソは、湯気の立つ紅茶の匂いをかいで「素晴らしい」と満面の笑みをこぼし、カップに口をつけている。

その時、ツカサから『ベータ版最後の夜を僕達と中央広場で一緒に過ごしませんか？』とメールが送られてきた。

中央広場はよくユーザイベントが行われている場所だと聞く。ネクロアイギス王国の所属者は、自主的にユーザーイベントを開催するプレイヤーやロールプレイヤーの比率が他の国より多いので、ツカサもユーザーイベントに誘われて参加しているのかもしれない。その誘いだと思った。

誘ってもらえたのは純粋に嬉しかった。だが、雨月がいることで騒ぎになるのを危惧《きぐ》し、すぐに断りのチャットをする。一言で終わると思ったツカサとのチャットは、思いがけず長引いた。誰かとのやり取りは新鮮だった。

ルゲーティアス公国の元首統治領の街中は、ネクロアイギス王国に比べて閑散としている。マーケットボード前に1人、平人男性で青色ネーム『影原』が調理師の服装で一心不乱にフライパンを振って野外調理をしている姿があるぐらいだ。ユーザーイベントがこの街で行われる気配はない。ルゲーティアス公国の所属プレイヤーはプレイヤー間の交流に対してドライである。

ふと、すきま風が吹き込むかのように過去の情景が浮かんだ。

街中で行われた戦闘。衛星信号機の前で、神鳥獣のオウムの変わり果てた姿を茫然と見つめていた小さな背中。あの時、あの背中に雨月は声をかけられなかった。そしてその後、彼はログインしなくなったのだ。ずっと姿を見ていないのだから。

同じ時期に始めた雨月と、顔を合わせる度に気さくに挨拶をしてくれたり、笑顔で手を振ってくれるプレイヤーだった。

もしも、雨月があの背中に声をかけられていたら、フレンドになっていたら、何か——変わっていたのだろうか。今のツカサのように。

顔を正面に戻すと、パライソが目を細めて雨月を見ていた。その口元は弧を描いている。

「今宵《こよい》は実にわくわくするな。ああ、雨月もそうなんだろう？」

質問の意図がわからない。

パライソは沈黙の返答を気にするふうでもなく、手元のカップを揺らして紅茶をゆらゆらと揺らす。水面にはパライソ自らの顔が浮かんでいるようだ。

「世界が――この惑星が、私は大好きだよ。歪《いびつ》な君達を含めて愛している。理路整然《りろせいぜん》としたものは面白くない。君達はいつだってバリエーションがあって愉快で、この世は楽しいのだよ」

パライソは赤色ネームプレイヤーが好き過ぎではないだろうか？　と首をひねる主張をされた。

彼の根底にあるのはゲーム内の設定なのだろうが、それでもその中で自立した意思を生み出し、この世界で自由に生きていると思わせるとんでもないゲームＡＩだ。おかげで雨月は、プレイヤーと話しているのと変わらないと感じることがしばしばある。

一時期、世間で『ＡＩロボットは人間に取って代わる恐ろしいもの』とされた風潮の根源を、パライソから垣間見ているように思う。

「よく罵ってもらいにくるプレイヤーも、か……」

「いや、感心するのは止めてくれ。豚共はちょっと」

プレイヤーを個別に認識している辺りも特別なゲームキャラクターとされる所以《ゆえん》だ。

語尾をにごして苦々しく答えるパライソは、額に手を当てながら皺が寄った眉間を指で揉む。彼をここまで悩ませる〝パライソに踏まれたい人生なのだプレイヤー〟達の闇は深い。

プレイヤーが飲めない紅茶の表面に映る夜空を見つめて、雨月は吐露した。

「俺も――明後日が楽しみだよ」

「ほう？」

「これまでは、ずっと引っかかっていたんだ。手放しても引きずり続けそうで、しなければならないタスクを機械的にこなしていたら、それがライフワークになっていたから余計に……何のために続けているんだって」

「違うなぁ。巡回は『誰のため』に、だろう？」

思わず雨月が顔を上げると、パライソが目をキラリと輝かせ、してやったりと不敵にニンマリと笑っていた。

「自分のために……じゃないのか」

「さぁ、それはどうかな。人は、自分自身のためだけに献身を続けられるかは疑問なところじゃないか。おのれには非常に甘く、怠惰《たいだ》に生きてしまうものだよ。君を動かしているのは、果たして君の存在かな？　いいや、違うね。他者に動かされるもの、それが人間さ」

なんだかツカサに出会ってからの数日間を見透かされているような指摘に、雨月は目を丸くする。

「誰かとのために、やりたいことが増えたなんて意欲的で実に良いことじゃないか。だが親友殿、これまでの巡回も続けてくれるんだろう？」

「ああ」

雨月の答えにパライソは満足そうに頷いた。

「習慣化すると、やらずにいられなくなるのは難儀《なんぎ》なことだ。おかげで私は非常に嬉しい」

ちぐはぐな悪役風の台詞を愉快そうに告げて、彼は手のひらの上に頬を乗せ、テーブルに肘をついて笑った。行儀の悪い格好だが、くだけた態度のパライソは雨月も好ましいと思っている。

「こんなふうに話したのはいつ振りか、雨月は知っているかな？　私は勿論知っている訳だが」

「いや……」

「ふふっ、監獄から脱獄したばかりの神鳥獣使いだった雨月に、話しかけた時以来なんだよ――」

それから、パライソがとりとめもなく語る思い出話に、雨月は耳をかたむけながらオープンベータ版の最後の夜を静かに過ごして終えた。

そして5月8日、正式版のアーリーアクセスが始まった。

雨月にとって、これまでとは違う、ツカサたちとの真新しくてハプニングもある楽しい日常が幕を開けたのだった。


〈終〉

あとがき

初めまして、古波萩子《こなみはぎこ》と申します。

この度は、『引っ込み思案な神鳥獣使い―プラネット イントルーダー・オンライン―』をお手にとっていただき、ありがとうございます。

本作は、ゲーム初心者の征司がツカサとなって、いきなり殺伐としたオンラインゲームに足を踏み入れてしまい、本来出会うことのなかった人々と知り合う、奇跡的な交流のお話です。

オンラインゲームは生き物です。ゲーム評価だけでなく、そこに腰を据えたプレイヤーのマナーによって、評判や寿命が決まってしまうことがあります。正木洋介が製作したＶＲＭＭＯ『プラネット イントルーダー』シリーズは、まさにプレイヤーによって虫の息の状態になっていたゲームでした。

それが、ツカサをきっかけに息を吹き返していきます。今度はプレイヤーによって徐々に再起していくゲーム――そんな物語の側面もお楽しみいただけたらと思います。

現実でも、ＶＲゲームの発展は目覚ましいです。時が経つ事に、グラフィックは美しくなっていき面白いゲームがどんどんと発売されています。

本作が２０１９年３月に連載開始した当初から、まだプレイヤーの姿形など荒削りなものですが、海外でVRMMOが存在しており、その存在を知った時は「ここまできているんだ！」と感動したものです。

現実のVRゲームに追いつかれず、しかし追い越しすぎないVRゲームとはどんなものなのか。そしてそんなVRが存在する世界はどんな現実なのか、未だにしっかりとした答えは出ていませんが、模索した1つの形が、未来だけれどレトロなこの本作です。個人的に、未来的なものとアナログの組み合わせがとても好きなのです。

そんな本作が、お手にとっていただいた方々に少しでもMMOの楽しさを届けられていたら幸いです。


書籍化にあたり、ご尽力くださったTOブックス様、そして慌てると正木洋介のような提言をする私に対して、大変おおらかな対応とご助力をいただいた担当編集者様、美しくも可愛らしいファンタジーの動物や素敵なイラストを描いてくださったダンミル様、誠にありがとうございます。

最後に、「小説家になろう」様で応援してくださった読者様、本作をお手にとっていただいた全ての皆様にお礼申し上げます。

２０２０年７月
古波萩子

藤屋いずこ先生のメッセージ

「このゲームで遊んでみたい！」と思わせる世界観とシステムが作りこまれているのは勿論のこと、初心者プレイヤー特有の初々しい挙動・ネットゲーマーならではのあるある話・思わずニヤリとしてしまう小ネタ……これぞMMO！ という要素が盛り沢山の一作です。私もコミカライズを通してこの「プラネット イントルーダー・オンライン」を作り込むお手伝いが出来たらと思います！

引っ込み思案な神鳥獣使い
PLANET INTRUDER ONLINE
プラネット イントルーダー・オンライン
The Tamer of Fur and Feather is Shy but Well Meditated.
漫画 藤屋いずこ
原作 古波萩子
キャラクター原案 ダンミル
コミカライズ

おかえりなさいませ！
TOブックス
オンラインストア
限定！
香月美夜
書き下ろしドラマCD用SS付き！！
椎名 優
描き下ろしジャケットイラスト！
本好きの
下剋上
司書になるためには
手段を選んでいられません
ドラマCD 5
ナンドと
再会！

まったく君は……
何をしでかすか
予測できぬな
CAST
ローゼマイン：井口裕香
フェルディナンド：速水奨
ジルヴェスター：井上和彦
ヴィルフリート／ユーディット：寺崎裕香
シャルロッテ／アンゲリカ：本渡楓
コルネリウス／ルーフェン
／アナスタージウス：山下誠一郎
ハルトムート／レスティラウト：内田雄馬
ユストクス／ハイスヒッツェ：関俊彦
エックハルト／ケントリプス：小林裕介
ハンネローレ／レオノーレ：諸星すみれ
マティアス／ラールタルク：梅原裕一郎
ブリュンヒルデ／フィリーネ
／リーゼレータ：石見舞菜香
リヒャルダ／ソランジュ：宮沢きよこ
ローデリヒ／イグナーツ
／ラザンタルク：遠藤広之
ヒルシュール／フラウレルム：渡辺明乃
ディートリンデ／イージドール：潘めぐみ
ジークリンデ／コルドゥラ：豊口めぐみ
2020年9月10日発売!
本好きの下剋上
司書になるためには手段を選んでいられません
第五部 女神の化身Ⅲ
香月美夜
miya kazuki
イラスト：椎名優
you shiina
TVアニメと新キャストでお届け!
「第五部 女神の化身Ⅱ＆Ⅲ」の物語がドラマCDで発売決定!!
フェルディ
1）書き下ろし短編付きドラマCD&単行本 定価：2,800円（税別）
2）ドラマCDのみ 定価：2,000円（税別）
3）単行本 定価：1,200円（税別）
TOブックスオンラインストアにて予約受付中!
詳しくは「本好きの下剋上」公式HPへ!
http://www.tobooks.jp/booklove

楽しい船遊びから一転、
はぇ……？
寝起き

無人島で遭難⁉

そして明かされる

呪いの盟約とは――

第三部「月と星々の新たなる盟約」へ突入！

ティアムーン帝国物語V

断頭台から始まる、姫の転生逆転ストーリー

Tearmoon Empire Story

餅月望――著

Gilse――イラスト

2020年秋発売！

引っ込み思案な神鳥獣使い
—プラネット イントルーダー・オンライン—

2020年8月1日　第1刷発行

著　者　古波萩子

発行者　本田武市

発行所　TOブックス
〒150-0045
東京都渋谷区神泉町18-8　松濤ハイツ2F
TEL 03-6452-5766（編集）
0120-933-772（営業フリーダイヤル）
FAX 050-3156-0508
ホームページ　http://www.tobooks.jp
メール　info@tobooks.jp

印刷・製本　中央精版印刷株式会社

ISBN978-4-86699-014-9